岩波文庫
31-046-2

小僧の神様

他十篇

志賀直哉作

岩波書店

目　次

小僧の神様

一

仙吉《せんきち》は神田のある秤屋《はかりや》の店に奉公している。

それは秋らしい柔かな澄んだ陽《ひ》ざしが、紺の大分《だいぶん》はげ落ちた暖簾《のれん》の下から静かに店先に差し込んでいる時だった。店には一人の客もない。帳場格子《ちょうばごうし》の中に坐って退屈そうに巻煙草《まきたばこ》をふかしていた番頭が、火鉢の傍《そば》で新聞を読んでいる若い番頭にこんな風に話しかけた。

「おい、幸《こう》さん。そろそろお前の好きな鮪《まぐろ》の脂身《あぶらみ》が食べられる頃だネ」

「ええ」

「今夜あたりどうだね。お店をしまってから出かけるかネ」

「結構ですな」

「外濠《そとぼり》に乗って行けば十五分だ」

「そうです」

「あの家《うち》のを食っちゃア、この辺のは食えないからネ」

「全くですよ」

若い番頭からは少し退《さが》った然《しか》るべき位置に、前掛の下に両手を入れて、行儀よく坐っていた小僧の仙吉は、「ああ鮨屋《すしや》の話だな」と思って聴いていた。京橋にSという同業の店がある。その店へ時々使に遣《つかい》《や》られるので、その鮨屋の位置だけはよく知っていた。仙吉は早く自分も番頭になって、そんな通《つう》らしい口をききながら、勝手にそういう家《うち》の暖簾をくぐる身分になりたいものだと思った。

「何でも、与兵衛《よへえ》の息子が松屋の近所に店を出したという事だが、幸さん、お前は知らないかい」

「へえ存じませんな。松屋というと何処《どこ》のです」

「私もよくは聞かなかったが、いずれ今川橋の松屋だろうよ」

「そうですか。で、其処《そこ》は旨《うま》いんですか」

「そういう評判だ」

「やはり与兵衛ですか」

「いや、何とかいった。何屋とかいったよ。聴いたが忘れた」

仙吉は「色々そういう名代《なだい》の店があるものだな」と思って聴いていた。そして、

「しかし旨いというと全体どういう具合に旨いのだろう」そう思いながら、口の中に

溜《たま》って来る唾《つばき》を、音のしないように用心しいしい飲み込んだ。

二

それから二、三日した日暮だった。京橋のSまで仙吉は使に出された。出掛けに彼は番頭から電車の往復代だけを貰って出た。

外濠の電車を鍛冶橋《かじばし》で降りると、彼は故《わざ》と鮨屋の前を通って行った。彼は鮨屋の暖簾を見ながら、その暖簾を勢《いきおい》よく分けて入って行く番頭たちの様子を想《おも》った。その時彼はかなり腹がへっていた。脂で黄がかった鮪の鮨が想像の眼に映ると、彼は「一つでもいいから食いたいものだ」と考えた。彼は前から往復の電車賃を貰うと片道を買って帰りは歩いて来る事をよくした。今も残った四銭が懐《ふところ》の裏隠しでカチャカチャと鳴っている。

「四銭あれば一つは食えるが、一つ下さいともいわれないし」彼はそう諦《あきら》めながら前を通り過ぎた。

Sの店での用は直《す》ぐ済んだ。彼は真鍮《しんちゅう》の小さい分銅《ふんどう》のいくつか入った妙に重味のある小さいボール函《ばこ》を一つ受取ってその店を出た。

彼は何かしら惹《ひ》かれる気持で、もと来た道の方へ引きかえして来た。そして何気なく鮨屋の方へ折れようとすると、ふとその四つ角の反対側の横町に屋台で、同じ名の暖簾を掛けた鮨屋のある事を発見した。彼はノソノソとその方へ歩いて行った。

三

若い貴族院議員のAは同じ議員仲間のBから、鮨の趣味は握るそばから、手摑《てづか》みで食う屋台の鮨でなければ解らないというような通《つう》を頻《しき》りに説かれた。Aは何時《いつ》かその立食いをやってみようと考えた。そして屋台の旨いという鮨屋を教わっておいた。

ある日、日暮間もない時であった。Aは銀座の方から京橋を渡って、かねて聞いていた屋台の鮨屋へ行って見た。其処には既に三人ばかり客が立っていた。彼はちょっと躊躇《ちゅうちょ》した。しかし思い切ってとにかく暖簾を潜《くぐ》ったが、その立っている人と人との間に割り込む気がしなかったので、彼は少時《しばらく》暖簾を潜ったまま、人の後《うしろ》に立っていた。

その時不意に横合いから十三、四の小僧が入って来た。小僧はAを押し退《の》けるようにして、彼の前の僅《わずか》な空《す》きへ立つと、五つ六つ鮨の乗っている前下《まえさ》がりの厚い欅板《けやきいた》の上を忙《せわ》しく見廻した。

「海苔巻《のりまき》はありませんか」

見ていた。

「ああ今日は出来ないよ」肥《ふと》った鮨屋の主《あるじ》は鮨を握りながら、なおジロジロと小僧を見ていた。

小僧は少し思い切った調子で、こんな事は初めてじゃないというように、勢よく手を延ばし、三つほど並んでいる鮪の鮨の一つを摘《つま》んだ。ところが、何故《なぜ》か小僧は勢よく延ばした割にその手をひく時、妙に躊躇した。

「一つ六銭だよ」と主がいった。

小僧は落すように黙ってその鮨をまた台の上へ置いた。

「一度持ったのを置いちゃあ、仕様《しよう》がねえな」そういって主は握った鮨を置くと引きかえに、それを自分の手元へかえした。

小僧は何もいわなかった。小僧はいやな顔をしながら、その場がちょっと動けなくなった。しかし直ぐある勇気を振るい起して暖簾の外へ出て行った。

「当今は鮨も上りましたからね。小僧さんには中々《なかなか》食べきれませんよ」主は少し具合悪そうにこんな事をいった。そして一つを握り終ると、その空《あ》いた手で今小僧の手をつけた鮨を器用に自分の口へ投げ込むようにして直ぐ食ってしまった。

四

「このあいだ君に教わった鮨屋へ行って見たよ」

「どうだい」

「中々旨かった。それはそうと、見ていると、皆《みんな》こういう手つきをして、魚の方を下にして一ぺんに口へ抛《ほう》り込むが、あれが通なのかい」

「まあ、鮪は大概ああして食うようだ」

「何故魚の方を下にするのだろう」

「つまり魚が悪かった場合、舌へヒリリと来るのが直ぐ知れるからなんだ」

「それを聞くとBの通も少し怪しいもんだな」

Aは笑い出した。

Aはその時小僧の話をした。そして、

「何だか可哀想《かわいそう》だった。どうかしてやりたいような気がしたよ」といった。

「御馳走《ごちそう》してやればいいのに。いくらでも、食えるだけ食わしてやるといったら、さぞ喜んだろう」

「小僧は喜んだろうが、こっちが冷汗《ひやあせ》ものだ」
「冷汗？　つまり勇気がないんだ」
「勇気かどうか知らないが、ともかくそういう勇気はちょっと出せない。直ぐ一緒に出て他所《よそ》で御馳走するなら、まだやれるかも知れないが」
「まあ、それはそんなものだ」とBも賛成した。

五

Aは幼稚園に通《かよ》っている自分の小さい子供が段々大きくなって行くのを数《すう》の上で知りたい気持から、風呂場へ小さな体量秤《たいりようばかり》を備えつける事を思いついた。そしてある日彼は偶然神田の仙吉のいる店へやって来た。

仙吉はAを知らなかった。しかしAの方は仙吉を認めた。

店の横の奥へ通ずる三和土《たたき》になった所に七つ八つ大きいのから小さいのまで荷物秤が順に並んでいる。Aはその一番小さいのを選んだ。停車場《ていしやじよう》や運送屋にある大きな物と全く同じで小さい、その可愛《かわい》い秤を妻や子供がさぞ喜ぶ事だろうと彼は考えた。

番頭が古風な帳面を手にして、

「お届け先きは何方様《どちら》でございますか」といった。

「そう……」とAは仙吉を見ながらちょっと考えて、「その小僧さんは今、手隙《てすき》かネ？」といった。

「へえ別に……」

「そんなら少し急ぐから、私と一緒に来てもらえないかネ」

「かしこまりました。では、車へつけて直ぐお供をさせましょう」

Aは先日御馳走出来なかった代り、今日何処かで小僧に御馳走してやろうと考えた。

「それからお所とお名前をこれへ一つお願い致します」金を払うと番頭は別の帳面を出して来てこういった。

Aはちょっと弱った。秤を買う時、その秤の番号と一緒に買手の住所姓名を書いて渡さねばならぬ規則のある事を彼は知らなかった。名を知らしてから御馳走するのは同様如何《いか》にも冷汗の気がした。仕方なかった。彼は考え考え出鱈目《でたらめ》の番地と出鱈目の名を書いて渡した。

六

客は加減をしてぶらぶらと歩いている。その二、三間後《うしろ》から秤を乗せた小さい手車を挽《ひ》いた仙吉がついて行く。

ある俥宿《くるまやど》の前まで来ると、客は仙吉を待たせて中へ入って行った。間もなく秤は支度の出来た宿俥に積み移された。

「では、頼むよ。それから金は先で貰ってくれ。その事も名刺に書いてあるから」といって客は出て来た。そして今度は仙吉に向って、「お前も御苦労。お前には何か御馳走してあげたいからその辺まで一緒においで」と笑いながらいった。

仙吉は大変うまい話のような、少し薄気味悪い話のような気がした。しかし何しろ嬉《うれ》しかった。彼はペコペコと二、三度続《つづ》け様《ざま》にお辞儀をした。

蕎麦《そば》屋《や》の前も、鮨屋の前も、鳥屋の前も通り過ぎてしまった。「何処《どこ》へ行く気だろう」仙吉は少し不安を感じ出した。神田駅の高架線の下を潜って松屋の横へ出ると、電車通を越して、横町のある小さい鮨屋の前へ来てその客は立ち止った。

「ちょっと待ってくれ」こういって客だけ中へ入り、仙吉は手車の梶棒《かじぼう》を下して立っていた。

間もなく客は出て来た。その後《あと》から、若い品のいいかみさんが出て来て、

「小僧さん、お入りなさい」といった。

「私は先へ帰るから、充分食べておくれ」こういって客は逃げるように急ぎ足で電車通の方へ行ってしまった。

仙吉は其処で三人前の鮨を平《たいら》げた。餓え切った痩《や》せ犬が不時の食にありついたかのように彼はがつがつと忽《たちま》ちの間に平げてしまった。他《ほか》に客がなく、かみさんが故《わざ》と障子を締め切って行ってくれたので、仙吉は見得《みえ》も何もなく、食いたいようにして鱈腹《たらふく》に食う事が出来た。

茶をさしに来たかみさんに、

「もっとあがれませんか」といわれると、仙吉は赤くなって、

「いえ、もう」と下を向いてしまった。そして、忙《せわ》しく帰り支度を始めた。

「それじゃあネ、また食べに来て下さいよ。お代《だい》はまだ沢山頂いてあるんですからネ」

仙吉は黙っていた。

「お前さん、あの旦那とは前からお馴染《なじみ》なの？」

「いえ」

「へえ……」こういって、かみさんは、其処へ出て来た主《あるじ》と顔を見合せた。

「粋《いき》な人なんだ。それにしても、小僧さん、また来てくれないと、こっちが困るんだからネ」

仙吉は下駄を穿《は》きながらただ無闇《むやみ》とお辞儀をした。

七

Aは小僧に別れると追いかけられるような気持で電車通に出ると、其処へ丁度《ちょうど》通りかかった辻自動車を呼び止めて、直ぐBの家《いえ》へ向った。

Aは変に淋しい気がした。自分は先の日小僧の気の毒な様子を見て、心から同情した。そして、出来る事なら、こうもしてやりたいと考えていた事を今日は偶然の機会から遂行出来たのである。小僧も満足し、自分も満足していいはずだ。人を喜ばす事は悪い事ではない。自分は当然、ある喜びを感じていいわけだ。ところが、どうだろう、この変に淋しい、いやな気持は。何故だろう。何から来るのだろう。丁度それは人知れず悪い事をした後《あと》の気持に似通っている。

もしかしたら、自分のした事が善事だという変な意識があって、それを本統の心から批判され、裏切られ、嘲《あざけ》られているのが、こうした淋しい感じで感ぜられるのかしら？　もう少し仕《し》た事を小さく、気楽に考えていれば何でもないのかも知れない。自分は知らず知らずこだわっているのだ。しかしとにかく恥ずべき事を行《おこな》ったというのではない。少くとも不快な感じで残らなくてもよさそうなものだ、と彼は考えた。

その日行く約束があったのでBは待っていた。そして二人は夜になってから、Bの家《うち》の自動車で、Y夫人の音楽会を聴きに出掛けた。

晩《おそ》くなってAは帰って来た。彼の変な淋しい気持はBと会い、Y夫人の力強い独唱を聴いている内に殆《ほとん》ど直ってしまった。

「秤どうも恐れ入りました」細君は案《あん》の定《じょう》、その小形なのを喜んでいた。子供はもう寝ていたが、大変喜んだ事を細君は話した。

「それはそうと、先日鮨屋で見た小僧ネ、また会ったよ」

「まあ。何処《どこ》で？」

「はかり屋の小僧だった」

「奇遇ネ」

Aは小僧に鮨を御馳走してやった事、それから、後《あと》、変に淋しい気持になった事などを話した。

「何故でしょう。そんな淋しいお気になるの、不思議ネ」善良な細君は心配そうに眉をひそめた。細君はちょっと考える風だった。すると、不意に、「ええ、そのお気持わかるわ」といい出した。

「そういう事ありますわ。何でだか、そんな事あったように思うわ」

「そうかな」

「ええ、本統にそういう事あるわ。Bさんは何て仰有《おつしや》って?」

「Bには小僧に会った事は話さなかった」

「そう。でも、小僧はきっと大喜びでしたわ。そんな思い掛ない御馳走になれば誰でも喜びますわ。私でも頂きたいわ。そのお鮨電話で取寄せられませんの?」

八

仙吉は空車《からぐるま》を挽いて帰って来た。彼の腹は十二分に張っていた。これまでも腹一杯に食った事はよくある。しかし、こんな旨いもので一杯にした事はちょっと憶《おも》い出せなかった。
彼はふと、先日京橋の屋台鮨屋で恥をかいた事を憶い出した。漸《ようや》くそれを憶い出した。するると、初めて、今日の御馳走がそれにある関係を持っている事に気がついた。もしかしたら、あの場にいたんだ、と思った。きっとそうだ。しかし自分のいる所をどうして知ったろう？　これは少し変だ、と彼は考えた。そういえば、今日連れて行かれた家《うち》はやはり先日番頭たちの噂《うわさ》をしていた、あの家だ。全体どうして番頭たちの噂まであの客は知ったろう？

仙吉は不思議でたまらなくなった。番頭たちがその鮨屋の噂をするように、AやBもそんな噂をする事は仙吉の頭では想像出来なかった。彼は一途《いちず》に自分が番頭たちの噂話を聴いた、その同じ時の噂話をあの客も知っていて、今日自分を連れて行ってくれたに違いないと思い込んでしまった。そうでなければ、あの前にも二、三軒鮨屋の前を通りながら、通り過ぎてしまった事が解らないと考えた。

とにかくあの客は只者《ただもの》ではないという風に段々考えられて来た。自分が屋台鮨屋で恥をかいた事も、番頭たちがあの鮨屋の噂をしていた事も、その上第一自分の心の中まで見透《みとお》して、あんなに充分、御馳走をしてくれた。到底それは人間業《にんげんわざ》ではないと考えた。

神様かも知れない。それでなければ仙人だ。もしかしたらお稲荷《いなり》様かも知れない、と考えた。

彼がお稲荷様を考えたのは彼の伯母《おば》で、お稲荷様信仰で一時気違いのようになった人があったからである。お稲荷様が乗り移ると身体《からだ》をブルブル震わして、変な予言をしたり、遠い所に起った出来事をいい当てたりする。彼はそれをある時見ていたからであった。しかしお稲荷様にしてはハイカラなのが少し変にも思われた。それにしろ、超自然なものだという気は段々強くなって行った。

九

Aの一種の淋しい変な感じは日とともに跡方《あとかた》なく消えてしまった。しかし、彼は神田のその店の前を通る事は妙に気がさして出来なくなった。のみならず、その鮨屋にも自分から出掛ける気はしなくなった。

「丁度ようござんすわ。自家《うち》へ取り寄せれば、皆《みんな》もお相伴《しょうばん》出来て」と細君は笑った。

するとAは笑いもせずに、

「俺のような気の小さい人間は全く軽々しくそんな事をするものじゃあ、ないよ」といった。

十

仙吉には「あの客」が益々《ますます》忘れられないものになって行った。それが人間か超自然のものか、今は殆ど問題にならなかった、ただ無闇とありがたかった。彼は鮨屋の主人夫婦に再三いわれたにかかわらず再び其処へ御馳走になりに行く気はしなかった。そう附け上《あが》る事は恐ろしかった。

彼は悲しい時、苦しい時に必ず「あの客」を想った。それは想うだけである慰めになった。彼は何時《いつ》かはまた「あの客」が思わぬ恵みを持って自分の前に現れて来る事を信じていた。

作者は此処《ここ》で筆を擱《お》く事にする。実は小僧が「あの客」の本体を確《たしか》めたい要求から、番頭に番地と名前を教えてもらって其処を尋ねて行く事を書こうと思った。小僧は其処へ行って見た。ところが、その番地には人の住いがなくて、小さい稲荷の祠《ほこら》があった。小僧は吃驚《びっくり》した。——とこういう風に書こうと思った。しかしそう書く事は小僧に対し少し惨酷な気がして来た。それ故《ゆえ》作者は前の所で擱筆《かくひつ》する事にした。

上

ある夕方、日本橋の方から永代《えいたい》を渡って来た電車が橋を渡ると直《す》ぐの処《ところ》で、湯の帰りらしい二十一、二の母親に連れられた五つばかりの女の児《こ》を轢《ひ》き殺した。

その時、其処《そこ》から七、八間先で三人の線路工夫が凸凹《でこぼこ》になった御影《みかげ》の敷石を金テコで起しては下の砂をかきならして敷きかえていた。これらが母親の上げた悲鳴で一度に顔を挙げた時には、お河童《かっぱ》にした女の児が電車を背にして線路の中をこっちへ向って浮いた如何《いか》にも軽い足どりで馳《か》けているところだった。運転手は狼狽《あわ》て一生懸命にブレーキを巻いている……と、女の児がコロリと丁度張子《ちょうどはりこ》の人形でも倒すように軽く転がった。女の児は仰《あお》向《む》けになったまま、何の表情もない顔をしてすくんでしまった。

橋からはいくらか下りになっているから巻くブレーキでは容易に止まらなかった。工夫の一人が何か怒鳴《どな》ったが、その時は女の児はもう一番前に附いている救助網の下に入っていた。しかし工夫は思った。運転台の下についている第二の救助網は鼠落《ねずみおと》しのような仕掛けで直ぐ落ちるはずだからまさか殺しはしまいと。——ガッチャンと烈《はげ》しい音とともに車体が大きく波を打って止まった。漸《よう》く気が附いて電気ブレーキを掛けたのだ。

正義派

ところが、どうしたことか落ちねばならぬはずの第二の救助網が落ちずに小さな女の児の体《からだ》はいつかその下を通って、もう轢き殺されていた。

直ぐ人だかりがして、橋詰の交番からは巡査が走って来た。

若い母親は青くなって、眼がつるし上って、物がいえなくなってしまった。一度女の児の側《そば》へ寄ったが、それっきりで後《あと》は少し離れた処から、立ったままただボンヤリとそれを見ていた。巡査が車の間から小さな血に染《そ》んだその死骸を曳《ひ》き出す時でも、母親は自身とは急に遠くなった物でも見るような一種凄惨《せいさん》な冷淡さを顔に表して見ていた。そして母親は時々光を失った空虚な眼を物悲しげに細めては落着きなく人だかりを越して遠く自家《うち》の方を見ようとしていた。

何処《どこ》からともなく巡査とか電車の監督などが集って来て、人だかりを押し分けて入って来た。巡査は大きな声をして頻《しき》りに人だかりの輪を大きくした。

やはりその人だかりの輪の内である監督がその運転手にこんな事を訊《き》いていた。

「電気ブレーキを掛けたには掛けたんだな?」

「掛けました」その声には妙に響がなかった。運転手は咳《せき》をして「突然線路内に飛び込んで参りましたんで……」声がしゃがれて、自身で自身の声のような気がしなかった。そこで運転手は二、三度続《つづ》け様《ざま》に咳をしてから何かいおうとすると、監督はさえぎるように、

「よろしい。――ともかくもナ、警察へ行ったら落着いてハッキリと事実をいうんだ。いいか？　電気ブレーキで間に合わず、救助網が落ちなかったといえば、まあいわば過失より災難だからナ。仕方がない」といった。

「はア」運転手はただ堅くなって下を向いていた。

「どうせ、僕か山本さんが一緒に行くが……」とそこから急に声を落して「そこのところはハッキリ申し立てんと、示談の場合大変関係して来るからナ」といった。

「はア」運転手はただ頭を下げた。監督はまた普通の声になっていった。

「もう一度確《たしか》めておくが、女の児が前を突っ切ろうとして転がる、直ぐ電気ブレーキを掛けたが間に合わない。こうだナ？……」

この時不意に人だかりの中から、

「そら使ってやがらあ！」という高い声がした。人々は皆《みな》その方を向いた。それをいったのは眉間《みけん》に小さな瘤《こぶ》のある先刻《さつき》の線路工夫の一人であった。工夫はある興奮と努力

とを以《も》って、人だかりの視線から来る圧迫に堪えて、かえってむしろ悪意のある微笑をさえ浮べてその顔を高く人前にさらしていた。

女の児を轢いた車は客を後《うしろ》の車に移すと、満員の札を下げて監督の一人が人だかりの中を烈《はげ》しくベルを踏みながらそのまま本所《ほんじょ》の車庫の方へ運転して行った。その側《かわ》だけ六、七台止っていた電車が順々にある間隔を取ってそれに従って動き出した。

失神したようになった、若い母親は巡査と監督とに送られて帰って行った。

警部、巡査、警察医などが間もなく俥《くるま》を連ねて来て、形式だけの取調べをした。ともかく、その運転手は引致《いんち》される事になって、なおそれと一緒に車掌とその他《ほか》目撃していた二、三人を証人として連れて行きたいといった。四十恰好《かっこう》の商人で、その車に乗り合わせていた男がその一人になった。あと誰かという時に少し離れた処で興奮した調子で何か相談していた前の三人の工夫が、年かさの丸い顔をした男を先にして自ら証人に立ちたいと申し出て来た。

下

警察での審問は割に長くかかった。運転手は女の児が車の直ぐ前に飛び込んで来たので、電気ブレーキでも間に合わなかった、と申し立てた。工夫らはそれを否定した。狼《ろう》狽《ばい》して運転手は電気ブレーキを忘れていたのだ、最初は車と女の児との間にはカナリの距離があったのだから直ぐ電気ブレーキを掛けさえすれば、決して殺すはずはなかったのだ、といった。監督はその間で色々とりなそうとしたが、三人はそれには一切《いっさい》耳を貸さなかった。そして時々運転手の方を向いては「全体手前《てめえ》がドジなんだ」と、こんな事をいって、けわしい眼つきをした。

三人が警察署の門を出た時にはもう夜も九時に近かった。明るい夜の町へ出ると彼らは何がなし、晴れ晴れした心持になって、これという目的もなく自然急ぎ足で歩いた。そして彼らは何か知れぬ一種の愉快な興奮が互の心に通い合っているのを感じた。彼らは何故《なぜ》かいつもより巻舌で物をいいたかった。擦《す》れ違いの人にも「俺たちを知らねえか！」こんな事でもいってやりたいような気がした。

「ベラ棒め、いつまでいったって、悪い方は悪いんだ」

年かさの丸い顔をした男が大声でこんな事をいった。

「監督の野郎途々《みちみち》寄って来ていいやがる――「ナア君、出来た事は仕方がない。君らも会社の仕事で飯を食ってる人間だ」エエ？　俺《おら》、よっぽど警部の前で素《す》っ破《ぱ》ぬいてやろうかと思ったっけ」

「それを素っ破抜かねえって事があるもんかなあ……」と口惜《くや》しそうに瘤のある若者がいった。――しかし夜の町は常と少しも変ったところはなかった。それが彼らには何となく物足らない感じがした。背後《うしろ》から来た俥が突然叱声《しっせい》を残して行き過ぎる。そんな事でもその時の彼らには不当な侮辱ででもあるように感ぜられたのである。歩いている内に彼らは段々に愉快な興奮の褪《さ》めて行く不快を感じた。そしてそのかわりに報《むく》わるべきものの報われない不満を感じ始めた。彼らはしっきりなしに何かしゃべらずにはいられなかった。その内にいつか彼らは昼間仕事をしていた辺《へん》へ差しかかった。丁度女の児の轢き殺された場所へ来ると、其処が常と全く変らない、ただのその場所にいつか還《かえ》っていた。それには彼らはむしろ異様な感じをしたのである。「あんまり空々しいじゃないか」三人は立留ると互にこういう情ないような、腹立たしいような、不平を禁じられなかった。

彼らは橋詰の交番の前へ来て、其処の赤い電球の下にもう先刻《さつき》のではない、イヤに生若い新米らしい巡査がツンと済まして立っているのを見た。「オイオイあの後《ご》はどうなったか警官に伺《うかが》って見ようじゃねえか?」

「よせよせそんな事を訊いたって今更仕様《しよう》があるもんか」

年かさの男がそれについて、

「串戯《じようだん》じゃねえぜ、それより俺《おら》、腹が空《す》いて堪《たま》らねいやい」こういいながら通り過ぎてちょっと巡査の方を振りかえって見た。その時若い巡査は怒ったような眼でこっちを見送っていた。

「ハハハハ」年かさの男は不快から殊更《ことさら》に甲高《かんだか》く笑って、「悪くすりゃ明日《あした》ッから暫《しばら》くは食いはぐれもんだぜ」といった。

「悪くすりゃどころか、それに決まってらあ」と瘤のある男でない若者がいった。こういいながら若者は暗い家《うち》で自分を待っている年寄った母を想《おも》い浮べていた。

「なんせえ一杯やろうぜ」こう年かさの男がいった。

彼らは何かしら落着きのとれてない心のままで茅場町《かやばちよう》まで来ると、其処の大きい牛肉屋に登《あが》った。二階にはまだ四、五組の客が鍋の肉をつつきながら思い思いの話をしていた。中には二人で互に酒をつぎ合いながら、真赤になった額を合わすようにして、仔細《しさい》らしく小声で話合ってる客もあった。三人は席をきめると直ぐ酒と肉とを命じて其処に安坐《あぐら》をかいた。そしていくらか落ちついたような心持を味《あじわ》った。しかし彼らはまだその話を止《や》めるワケには行かなかった。彼らは途々散々《さんざん》しゃべって来た事を傍《そば》に客や女中どもを意識しながら一ト調子高い声で此処《ここ》でもまた繰り返さずにはいられなかった。

女中どもはもうその騒ぎを知っていた。そして直ぐ四、五人が彼らをとりまいて坐った。

「何しろお前《めえ》、頭と手とがちぎれちまったんだ。それを見るとその場で母親の気はふれちまうし……」話はいつの間にか大変大袈裟《おおげさ》になっていた。しかし三人はそれを少しも不思議とは感じなかった。女中どもは首を振り振り痛ましいというように眼を細めて聴いていた。

年かさの男と瘤のある若者とはカナリ飲んだ。二人は代る代る警察での問答まで精《くわ》しく繰り返した。そして所々に、

「ここらは明日《あした》の新聞にどう出るかネ」と、こんな事を入れたりした。

二階中の客は大方彼らの話をやめて三人の話に耳を傾けだした。三人は警察署を

出てから何かしら不満で不満でならなかったものが初めていくらか満たされたような心持がした。――が、それは決して長い事ではなかった。彼らに話すべき事の尽きる前にもう女中どもは一人去り二人去りして、帰った客の後片附けに、やがて、皆起《た》って行ってしまった。彼らはまた三人だけになった。その時はもう十二時に近かったが、年かさの男と瘤のある若者とは中々《なかなか》飲む事を止めなかった。そしてその頃は彼らは依然元の不満な腹立たしい堪えられない心持に還っていたのである。最初はそれほどでもなかったが酔うにつれて年かさの男は一番興奮して来た。会社の仕事で食ってるには違いない。しかし悪い方は悪いのだ。追い出される事なんか何《なん》だ。そんな事でおどかされる自分たちではないぞ。たわいもなく独《ひと》りこんな事を大声で罵《ののし》っていた。

暫くして、瘤のない方の若者が、

「俺はもう帰るぜ」といい出した。

「馬鹿野郎！」と年かさの男がぶつけるようにいった。

「こんな胸くその悪い時に自家《うち》で眠《ねむ》れるかい！」

「そうとも」と瘤のある若者が直ぐ応じた。

烈しく酔った二人がいつの間にか、も一人の若者に逃げられて、小言をいいながら怪しい足取りでその牛肉屋の大戸のくぐりを出た時にはもうよほど晩《おそ》かった。どっちにも電車は通らなくなっていた。

二人は直ぐ側《そば》の帳場から俥《くるま》に乗ると其処から余り遠くない遊廓へ向った。

「親方。大層いい機嫌ですね」一人が曳きながらこういった。

「いい機嫌どころか……」と瘤のある若者が答えた。これが直ぐ台になって、彼はまた話し出した。出来事は車夫もよく知っていた。

「へえ、何か線路の方のかたが証人に立ったと聞きましたが、それが親方でしたかい」

掃いたような大通りは静まりかえって、昼間よりも広々と見えた。大声に話す声は通りに響き渡った。

年かさの男は前の俥で、グッタリと泥よけへ突伏《つっぷ》したまま、死んだようになって揺れて行った。後《うしろ》の若者は「眠ったな」と思っていた。

永代《えいたい》を渡った。

「オオ此処だぜ、――丁度此処だ」後《うしろ》の若者が車夫にこういった。

その声を聴くと、死んだようになっていた年かさの男は身を起した。

「オイ此処だな……ちょっと降してくれ……エエ、ちょっと降してくれ」いつの間にか啜泣《すすりな》いている。

「もういいやい！　もういいやい！」と瘤のある若者は大声で制した。

「エエ。ちょっと降してくんな」こういって泣きながら、ケコミに立上りそうにした。

「いけねえいけねえ」と、若者は叱るようにいった。「若《わか》い衆《しゅ》かまわねえからドンドンやってくれ！」

俥はそのまま走った。

年かさの男も、もう降りようとはしなかった。そしてまた泥よけに突伏すと声を出して泣き出した。

赤《あか》西《にし》蠣《かき》太《た》

昔、仙台坂《せんだいざか》の伊達《だて》兵部《ひょうぶ》の屋敷にまだ新米の家来で、赤西蠣太《あかにしかきた》という侍《さむらい》がいた。三十四、五だというが、老けていて四十以上に誰の眼にも見えた。容貌はいわゆる醜男《ぶおとこ》の方で言葉にも変な訛《なまり》があって、野暮《やぼ》臭《くさ》い何処《どこ》までも田舎侍《いなかざむらい》らしい侍だった。言葉訛は仙台訛とは異《ちが》っていたから、秋田辺《へん》だろうと人は思っていたが実は雲州《うんしゅう》松江の生れだという事だ。真面目《まじめ》に独《ひと》りこつこつと働くので一般の受けはよかったが、特に働きのある人物とも見えないので、才はじけた若侍たちは彼を馬鹿にして、何かに利用するような事をした。蠣太はそういう時には平気で利用されていた。しかし若侍たちも馬鹿ではなかったから承知で利用されている蠣太に己《おのれ》らの余り趣味のよくない心事を見ぬかれていると思う事は愉快でなかった。段々皆《みんな》もそういう事を仕《し》なくなった。

蠣太は一人者で武者長屋の一と部屋に人も使わず暮していた。酒を飲むでもなし、女遊びをするでもなし、非番の日などは時間つぶしに困るだろうと人に思われていた。しかしその割に当人は退屈していなかった。酒を飲まない代りに菓子を食った。底の浅い函《はこ》をいくつも重ねた上を真田紐《さなだひも》で結んだ荷を担《かつ》いで来る菓子屋が彼のいあわせた所に来て無駄足をする事は決してなかった。しかし彼は菓子を買うにも余り気前のいい買い方はしなかった。一々値段を訊《き》いては、あれかこれかと指を箸《はし》にした手を菓子の上でまごまごさす見よくない癖があった。菓子屋は「そう変った菓子を持って来ないのにこの人はいまだに値段を少しも覚えない」と思って気分の悪い日などはむかむかと腹を立てる事もあった。しかし蠣太のは知っていても一度は訊いて見ないと気が済まなかったのだ。

菓子好きの蠣太はまた胃腸病者であった。彼は彼の部屋に菓子も絶やさなかったかわり千振《せんぶり》も絶やさなかった。彼の部屋にはいつも千振の臭いが漂っていた。

それから菓子の外《ほか》にもう一つ道楽があった。それは将棋で、将棋は柄になく上手だった。菓子を買う時余り気前のよくない彼も、将棋では中々《なかなか》気前のいい離《はな》れ業《わざ》をやって敵を驚かした。やり口に中々鋭いところがあるので如何《いか》にもこの男らしくないという気を対手《あいて》にさせる事がよくあった。しかし彼は好きな割に対手を欲しがらなかった。膝の上に定跡《じょうせき》の本を置いて独りで駒を並べているのが好きだった。盤の向うには行燈《あんどん》を据えて夜更《よふ》けまでよくやっていた。それがちょっと見ると行燈と将棋を差しているように見えたから、「昨晩は行燈との勝負は如何《いかが》でした」こんな事をいって冷かす同役もあった。

ここにまた愛宕下《あたごした》の仙台屋敷にいる原田甲斐《はらだかい》の家来に銀鮫鱒次郎《ぎんざめますじろう》という若侍があった。

この男は生き生きとした利口そうな、そして美しい男で、酒も好き、女道楽も好きという人間だった。蠣太とは様子あいでも好みでも、およそ反対の男だったが、ただ将棋好きだけが一致していた。

ある時殿様の使《つかい》で蠣太は愛宕下の屋敷へ行って、その時、偶然知り合いになって以来、二人は将棋友達として大変親密になってしまった。

余りに異《ちが》う二人が親しくなったのを見ると、人は「気が合うというのは不思議なものだ」などといった。しかしそういうほど、実はその人たちもそれを不思議とも何とも思ってはいなかった。

何事もなく一年ほど経《た》った。その間あいかわらず二人は十日に一度、半月に一度という風に往《ゆ》き来《き》をして将棋の勝負を争っていた。

ある時不意に蠣太に就《つい》て妙な噂《うわさ》が立った。それは蠣太が切腹未遂をやったという噂だった。行って見るとなるほど半死半生の蠣太が仰向《あおむ》けになってうつらうつらしていた。傍《そば》には親友の鱒次郎がついていたが、鱒次郎も蠣太が何故《なぜ》そんな事をしたかは知らなかった。医者に訊《き》くと実際腹を十幾針か縫《ぬ》ったという。

「胃弱で苦しんでいたから夢でも見て、寝惚《ねぼ》けてそんな事をやったのだろう。馬鹿な奴だ」こんな事をいう人があった。「それとも気でもふれたかな?」こんなにいう人もあった。

するとある晩の事、老女蝦夷菊《えぞぎく》の部屋で按摩《あんま》の安甲《あんこう》という者の口から切腹未遂の本統の事が密《ひそ》かに話された。それによるとこうだった。

その晩安甲が呼ばれて行くと蠣太は「腹が痛くてやりきれないが、按腹《あんぷく》でも針でも直《す》ぐやってくれ」と背中を海老《えび》のようにして苦しがっていた。安甲は直ぐ針を五、六本打って見たが、蠣太は苦し気に「一向《いっこう》直らない」といった。安甲は、胃痙攣《いけいれん》だと思うから針を水落《みぞお》ちの辺《へん》に打って見たのだが五、六本打ってから蠣太は「痛いのはもっと下腹《したはら》の方だ」といい出した。この辺かというと、もっと右だという。右を押すと左だという。そして「何でもいいからそこら中、力まかせにもんでくれ」という。安甲はそろそろと腹をもんで見た。何だか妙なふくらみ方をしている。安甲はこれは自分の仕事ではないと思った。蠣太は「力まかせにやらなければ駄目じゃないか」と怒った。安甲は「按腹はそんなに力を入れられるものではありません。腸捻転《ちょうねんてん》でも起したら、それこそ事です」と答えた。

「腸捻転とは何だ」と蠣太がいう。「腸捻転というのは腹綿《はらわた》のよじれる病気です」こんな事をいいながら安甲は少し力を入れてもんでいると、どうしたのか腹が段々ふくらんで来た。蠣太の顔は見る見る青くなって来た。蠣太は「あッ、あ、あッ、あ」と息を吐く度《たび》に妙な声を出した。……安甲は仰天してしまった。何故なら、(蝦夷菊に話す時には彼はそれだけぬかしていたが）彼が若い頃下手《へた》なもみ方をして一人腸捻転で殺した事がある。彼が按腹をしてその翌日また出掛けて行ったその時の様子と蠣太の今の様子と変りなかったからである。こうなったら医者を呼んでも仕方がないと思った。それにしろ自分一人は心細かった。「ともかくこれはえらい事が起った。自分がしたのか、自分が手をつける前から起していたのか解らないが、何しろこれから俺に按腹を頼む人はなくなるだろう」安甲の頭にはそんな事が想《おも》い浮んで来た。そして恐る恐る「お医者を呼ばして下さい」といった。「俺はやはり腸捻転になったのだろう」と蠣太が苦しげにいった。「どうもそうかと思われます」と安甲が答えた。その時蠣太は可恐《こわ》い顔をして安甲をにらみつけた。安甲は吃驚《びっくり》した。すると直ぐ、蠣太はかえって穏かにこういった。「何でも本当の事をいってくれ」安甲は「へえ」と頭を下げた。「俺の病気は医者が診《み》たところで助かるまい」と蠣太がいった。さすがの安甲もこの場合「へえ」とはいえなか

った。黙っていると……、

お饒舌《しゃべり》の按摩安甲《あんこう》はここまで話すと急に黙ってしまった。そして後は何故か少し落ちつかない様子になって、話をひどく概略にしてしまった。つまり蠣太は「どうせ助からないものなら」といって自分で腹を切って、安甲に手伝わせ、腸のよじれを直してしまったというのだ。（この場合その話を聞いている老女にもし少しでも医学上の智識があれば「そうして出血はどう処置しました」と訊《き》かねばならぬところだそうだ。ところが生憎《あいにく》、老女にはその智識がなかった。また仮にあったにしろ、老女はただただ蠣太の勇気に感服しているところだったから、その際その疑問は起せなかったかも知れない。そして先を読めば解るが、どうした事か蠣太は遂《つい》に腹膜炎にもかからずに済んだのである）

「あんな気の強い人は見た事がない」と安甲はいった。

「しかしこの事は堅く口留めされているのですから、どうか誰方《どなた》にもおもらし下さらぬよう」こう繰返し繰返し老女に頼んで帰って行った。

それから二、三日した朝だった。仙台坂を下《お》りきった所に按摩安甲の斬《き》り殺された死骸が横《よこた》わっていた。それは首筋を背後《うしろ》からただ一太刀《ひとたち》でやった傷だった。

また二、三日した午後だった。経過がいいので、もう少しは話位出来るようになっていた蠣太《かきた》の枕元に鱒次郎《ますじろう》が坐っている。

仰臥《ぎょうが》している蠣太は上眼《うわめ》をして鱒次郎の顔を見ながら勢《せい》のない声で、

「安甲を斬ったのは君だろう」といった。

「いいや」と鱒次郎はにやにやしながら答えた。

「可哀想《かわいそう》に」こういって蠣太は大儀《たいぎ》そうにまた眼をつぶってしまった。

また一週間ほどして鱒次郎が見舞に来た時、その事が出ると、――その時は蠣太もよほど元気が出ていたので、

「君は馬鹿だよ。あんなお饒舌《しゃべり》に密書の在《あ》りかをいう奴があるものか」と鱒次郎は微笑しながら蠣太を非難した。

「そういわないでくれ。同じ死ぬのでも、犬死はつらいからね。二年近くかかって作った報告書を白石《しろいし》の殿様に見せずに天井で鼠《ねずみ》の糞《くそ》と一緒に腐らしてしまうのは死ぬにも

死にきれないよ」

「それはそうかも知れないが、人もあろうにあんな奴に打ち明ける奴があるものか」

「それなら、あの場合誰に打ち明ければよかったのだ」

「誰に打ち明ける事が要《い》るものか。そこらに如才《じょさい》はあるものか、君が死んだと聴けば直ぐ飛んで来て隙《すき》を見て俺が自身で探し出してしまう」

「そんなら天井のどの辺にどう隠してあるか今でも見当《けんとう》がつくか」

「見当も何もあるものか、あの按摩が精《くわ》しく教えてくれた。それが君がもう助かると決って暫《しばら》くしてそんな事を俺にいうのだ。さも内証事らしく、それから手柄顔をしてペラペラ薄っぺらな調子で饒舌《しゃべ》るのだ。その時俺は此奴《こいつ》は生かしておくとその内にきっと他《ほか》に行ってこの調子で饒舌るなという気がしたのだ。――しかしどの道彼奴《あいつ》は俺に殺されたよ。君がもしあのまま死んで彼奴が君の遺言通り天井の密書を俺の所へ持って来たとしても、俺は彼奴を生かしてはおくまいよ」

「それはそうかも知れない」

「そうかも知れないといって、今こそそうは思わないがもし君が死んでいたら君も彼奴《あいつ》を殺さす気でよこしたと俺は解《と》ったに違いないよ」

「毛頭そんな考《かんがえ》はなかった。俺は少しは彼奴を信用している。お饒舌《しゃべり》は知っているが、少くも俺らの役目が済む日位までは秘密を守ってくれるだろうと思っていた。何しろ遺言だからな」

「君はあいかわらず君子だな」こういって鱒次郎はちょっと不快《いや》な顔をした。

蠣太は黙っていた。

鱒次郎の方はこういう時、黙ってはいられない性《たち》だった。

「君子にも困る。自分が殺されかかってまだ其奴《そいつ》を弁護している」

「腸の捻転は彼奴にもませる前からやっていたのだ。医者に聴くとそうだ。もんでいる内に直ぐああなるものではないそうだ」

「しかし彼奴のもみ方が悪いので一層早く悪くなったのだろう」

蠣太はまた黙ってしまった。鱒次郎も今度は黙ってしまった。しかし暫くするとまた鱒次郎から口を切った。

「それはそうと吾々《われわれ》も役目だけは大概果したんだから君の身体《からだ》でも直ったら、いい機会に早く白石に引き上げた方がいいよ」

「うん、そうしよう」

二ヶ月ほど経った。秋の彼岸の日だった。蠣太はもう全快していた。その日は鱒次郎も非番だったので二人は築地から荷足《にたり》を一艘《そう》借りて沙魚《はぜ》釣りに出かけた。蠣太は弁当の他に菓子、鱒次郎は弁当の他に酒を持って行った。二人は御浜御殿《おはまごてん》の石垣の側《そば》で大分釣り上げた。しかし其処《そこ》には沢山の舟があって、自由に何でも話すわけには行かなかった。

「どうだいこの位釣れたらもういいだろう。弁当は少し沖へ出て、広々した所でやろうじゃないか」と鱒次郎は何本かたれていた糸を竿《さお》に巻き始めた。

「うん、そうしよう」蠣太も竿を上げながら答えた。

「彼方《むこう》にこんもり高く見えるのが鹿野山《かのうざん》という山だろう」

「そうかい」

「こういう景色を眺めながら一杯やるのはまた格別な味だが、こういう景色を眺めながらむしゃむしゃ菓子を食う相手だから仕方がない」

蠣太はただ笑っていた。

「しかし菓子もいい加減にしないと命取りだよ。今日はどんな菓子を持って来たんだ。無闇《むやみ》な菓子を食ったらまださわるだろう」

「今日は軽焼《かるやき》だ」

「まるで乳呑児《ちのみご》だね」と鱒次郎は大きな声をして笑った。

釣道具の始末が出来ると鱒次郎が漕《こ》いで舟を沖へ出した。そして船道《ふなみち》の棒杭《ぼうぐい》まで来ると其処に舟をつないだ。その辺《へん》にはもう他《ほか》の釣船はいなかった。二人は気楽な気持で自分自分の弁当を開《ひら》いた。

「時に君の身体はもう旅の出来る位にはなったかね？」と鱒次郎がいった。

「もう大概大丈夫だろう」

「先刻《さつき》漕いだ位では弱りもしないかね」

「別に弱らない」

「それならどうだい、そろそろ白石へ帰る支度をしては。俺の方の報告書も大概出来上っているが」

「出来上っているなら君が先へ帰ったらよかろう。俺も大概は出来ているが」

「しかし甲斐《かい》の方はもう少しついていている方がよくはないか？」

「それはそうかも知れない」

「とにかく、君の旅立つ日が決ったらその少し前に俺の作った報告書は持って行こう」

「旅立つのはいいが、どういう理由で暇を貰ったらいいかな」

「正式に暇を貰うやり方だと、先方《むこう》に故障をいわれた時に困るぞ」

「そんなら夜逃げをするか。しかしそれも先方の腑《ふ》に落ちるだけの動機がなければ危険かも知れない。後に残る君にも危険な事だ」

「何しろ甲斐は利口な奴だからな。下手をしてこっちの不利を先方に握らすような事をしては大変だから、――しかしどうしたら君の夜逃げが最も自然に見えるかな」

蠣太はこういうこまかい細工は自分の領分ではないと思っていたから、鱒次郎に一任した気で深く考えようともしなかった。

「とにかく、君は面目《めんぼく》次第もない事をやるのだ。他人に顔向けの出来ない事をやるのだな」鱒次郎は意地の悪い微笑を浮べながら蠣太の顔を見ていった。

「武士の面《つら》よごしをするのだな?」

「まあ武士の面よごしをするのだな」と鱒次郎は嬉《うれ》しそうに繰返した。

「まさか泥棒をしろとはいうまいな」

「泥棒もいいかも知れない」

「追手《おって》がかかると俺は直ぐ捕まるよ」

「追手がかかる位ならいいが、物を取らない内にきっと捕まるだろう」

二人は笑った。

蠣太は黙って弁当を食っている。鱒次郎は肴《さかな》をつまんだり酒を飲んだり、時々広々とした景色を眺めたりしながら、やはり考えていた。

「どうだい」鱒次郎は不意に膝を叩いて乗気な調子でいい出した。「誰かに附文《つけぶみ》をするのだ。いいかね。何でもなるべく美しい、そして気位《きぐらい》の高い女がいい、それに君が艶書《えんしょ》を送るのだ。すると気の毒だが君は臂鉄砲《ひじでっぽう》を食わされる。皆《みんな》の物笑いの種になる。面目玉を踏みつぶすから君も屋敷にはいたたまらない。夜逃げをする。――それでいいじゃないか。君の顔でやればそれに間違いなく成功する。この考《かんがえ》はどうだい。誰か相手があるだろう、腰元あたりに。年のいった奴は駄目だよ。年のいった奴には恥知らずの物好きなのがあるものだから、そういう奴にあったら失敗する。何でも若い綺麗事《きれいごと》の好きな奴でなければいけない」

蠣太は乱暴な事をいう奴だと思った。しかし腹も立たなかった。そして気のない調子で、

「泥棒するよりはましかも知れない」と答えた。

「ましかもどころか、こんなうまい考は他にはないよ。そうして誰か心当りの女はないかね。日頃そういう事には迂《うと》い男だが……」

蠣太は返事をしなかった。

「若い連中《れんじゆう》のよく噂に出る女があるだろう」

「小江《さざえ》という大変美しい腰元がある」

「小江か、小江に眼をつけたところは君も案外迂《うと》い方ではないな。そうか。小江なら益々《ますます》成功疑いなくなった」

蠣太はこれまで小江に対し恋するような気持を持った事はなかった。しかしその美しさはよく知っていた。そしてその美しさは清い美しさだという事もよく知っていた。今その人に自分が艶書を送るという事はある他《た》の真面目な動機を持ってする一つの手段にしろ、余りに不調和な、恐ろしい事のような気がした。

「小江ではなく誰か他の腰元にしよう」

「いかんいかん。そんな色気を出しちゃ、いかん」こういった鱒次郎にも今は笑談《じようだん》の調子はなくなっていた。色気という意味はどういう事かよく解らなかったが、蠣太はどうしても小江にそういう手紙を出す事は如何にも不調和な事でかつ完《まつた》き物にしみをつけるような気がして気が進まなかった。しかしもし鱒次郎のいう成功に、若い美しい人がどうしても必要だとすると小江以外に蠣太の頭にはそういう女が浮んで来なかった。そこで彼は観念して小江を対手《あいて》にすることを承知した。

「それなら艶書の下書きをしてくれ」と蠣太がいった。

「それは自分で書かなくては駄目だ。俺が書けば俺の艶書が出来てしまう。何しろ対手が小江だから、俺が書くと気が入り過ぎて、ころりと先方《むこう》を参らすような事になるかも知れないよ」

蠣太は苦笑した。そして鱒次郎が書くより、まだ自分の書く方が小江を汚《けが》さずに済ませるだろうと思った。

風が出て来たので二人は船を返した。仙台屋敷は丁度帰り途《ちょうどかえりみち》だったから蠣太は鱒次郎の所へ寄った。二人は久し振りで将棋の勝負を争った。

秋になって初めての珍らしく寒い晩だった。蠣太は静かな自分の部屋で僅《わずか》な埋火《うずみび》に手をあぶりながら、前に安巻紙を展《ひろ》げ、切《しき》りに考えている。彼は真面目腐《まじめくさ》った顔をして、時々困ったというように筆を持った手で頭の剃《そ》ってある所をかいたりした。

彼はとにかく、紙に筆を下《おろ》した。

どうもうまくない。字は立派だが文章が駄目だ。妙に生真面目《きまじめ》で如何にも艶《つや》も味もない。「こんな艶書があるものではない」彼は苦笑した。

彼はかつて読んだ事のある草双紙《くさぞうし》を頭に憶《おも》い起して見たが、艶書の条《くだり》も別に浮んで来なかった。仕方がないから彼は今度は自分を草双紙の絵に見るような二十前後の美しい若侍として考えて見た。眼をつぶって想像力をたくましくしている間はちょっとそんな気がしないでもない。しかし眼を開《あ》くと直ぐ眼の前に毛の生えた黒い武骨な手がある。彼は閉口した。

彼はまた迷い出した。小江でない他《ほか》の女ならまだいくらか書きよいかも知れないと考えた。それとも艶書はやめて、直接口でいってやろうかしらと考えた。しかしそれはなおむつかしそうだと思った。そして艶書はやはり鱒次郎にあの時頼んでしまえばよかったと思った。

彼はまたそれを受け取った小江の驚きと不快とを察すると気が沈んで来た。彼はこんなことではならぬと気を取り直してまた別に書いて見た。どうも思わしくない。余りにさっぱりしすぎている。これでは一向恋になやんでいる様子は出ていない。困った事だと思った。

何しろ艶書を作るという考が不可《いけない》のだと考えた。作るというよりなるべく地金《じがね》を出すようにして書かなくては駄目だと思った。そう思って彼は無理に小江を恋するような心持に自身を誘って見た。小江に恋い焦《こが》れ思いなやんでいる自分になり澄まそうとした。多少はそんな気持になれた。その気の覚めない内にと彼は急いで筆を運んで行った。それでもややもするとその気持から覚めかけるには彼も往生した。しかし自分のような醜い男に想われる気の毒さを同情する気持にうそはなかったから、それを思いやる部分などは真実な情《じょう》のあるともかくも一本の艶書が出来た。これ以上はもう書けないと思った。彼は一度読み返して見て叮嚀《ていねい》に巻きおさめるとそれを封書にして、さも大切な物ででもあるかのように机の抽斗《ひきだし》にしまって、それから寝支度《ねじたく》にかかった。

翌朝《よくあさ》蠣太はいつもより早く御殿へ出て行った。そして目立たぬ程度で長廊下をまごまごしながら小江の来るのを待っていた。彼は何だか妙にどきどきした。それをおさえようとしても何処へ力を入れていいか解らなかった。今にも小江が見えたら機会を逃さずこれを渡さなければならぬ。彼はそう思って手紙を握ったままその手を袴《はかま》の割れ目に入れて待った。手から出る油で手紙がじめじめしているのがわかった。

彼は小江が恐ろしい人のような気がして弱った。こんな事ではならぬと思って頭を殊《こと》更《さら》に今自分がなし遂げつつある侍としての使命に向けて見たが、しかしこの場合たしかに美しい小江は強者で醜い自分は比較にならぬ弱者だと思わずにはいられなかった。性の異《ちが》う関係で美醜が直《す》ぐ様《さま》強弱になる場合があるものだが蠣太には殊《こと》にその感が深かった。彼はその圧迫に堪えられない気がした。彼は落ちつきなく廊下から人のいない側《わき》の部屋へ入ったり、また出たりしていた。

やがて時が来た。彼はどきりとした。が、それからは我ながら意外に落ちついてしまった。彼はまるで附け文をする人のようでなく、

「これを見て下さい」こういって、こわい顔で小江をまともに見ながら、それを手渡した。

小江はちょっと驚いた風だったが、それを受け取って、

「御返事を差し上げる事でございますか?」といった。返事の予想は全くしていなかったが、蠣太は、

「どうぞ」と答えた。

小江はお辞儀をして行ってしまった。蠣太はホッと息をついた。そしてとにかくやってのけたと思うと一種快活な気分が起って来た。

彼は今日のうちにも何か起るか、それとも明日《あした》か、こんな事を考えて、自分もそろそろ逃支度《にげじたく》をしておかねば、と思った。が、その日は何事も起らなかった。

そして翌日になった。返事を予期しない彼は返事を貰う機会を別に求めなかったし、その日も何事もなく済むと、これは変だぞと考えた。もしかしたら小江が自分に恥をかかすまいと、何事もなかったように手紙を握りつぶす気ではないかしらという心配が起った。実際、小江は年に似ず、しっかり者だから、もしそうなら困った事だぞと思った。

翌々日もそのまま過ぎた。小江と二人だけで会う機会はなかった。また蠣太は知らず知らず、それを避けていた事を後で気がついた。そして人のいる所で会う場合、小江は全く何事もなかった人のような顔をしていた。それを蠣太は心で感服した。しかしこのままでは仕方がないと思った。仕方がなければ、もう一つ艶書を書いて、気の毒だが、それを何処かに落しておいてやろうと考えた。

その晩また書いて見た。彼は小江に払わす犠牲を出来るだけ少くしようと注意しいしい書いた。何の返事も下さらないのは自分に恥をかかすまいとする御好意と解します。そういう立派な貴女《あなた》のお心に対し、なおつけ上ってこんな手紙を書く自分は自分でも許せない気がします。しかし自分はどうしても思い止《とど》まる事は出来ません云々《うんぬん》。こんな事も書いて見た。彼は若侍などが寄ってこれを見て笑う様子を想い浮べると冷汗だった。

翌日彼は出勤すると直ぐ長廊下の角の金網のかかった行燈《あんどん》の側《そば》にそれを落して来た。一時間ほどしてまた何気なく行って見た。もう其処《そこ》にはなかった。彼は安心と不愉快との混り合った変な気持をしながら引返して来ると、偶然向うから小江が一人で来るのに会った。彼は思わず眼を伏せた。そして何気なく擦《す》れ違おうとすると、何か自分の手に触れる物を感じた。彼は不知《いつか》それを受け取っていた。それは重みのある手紙だった。

その晩部屋へかえると燈心をかき立てて急いで披《ひら》いて見た。返事は全く予想外だった。二本入っていた。一つは渡す機会がないので持って帰った時、また書いて入れた手紙だった。

内容の意味はこうだった。

私《わたくし》は貴方《あなた》を恋した事はございませんが、前から好意を感じておりました。私には遠からず結婚の問題が起ると思っておりましたが、今このお屋敷で見るほどの若侍方の誰方《どなた》に対しても私はそういう気は起りませんでした。もとより貴方に対しそんな事を考えた事はございませんでした。貴方とそんな事とを聯想《れんそう》する事が出来なかったためでございます。これは悪い意味にはおとり下さらぬ事と存じます。

私は町家《ちょうか》の者でございます。私はもう一年か一年半したら親元へ下《さが》るはずになっております。結局は町家へ嫁入る身と自分でも考えておりましたところでした。しかし今貴方から御手紙を頂いて私には新しい問題が起りました。私は考えました。私には新しい感情が湧いて参りました。私には前から貴方に対するある尊敬がございました。それが今急にはっきりして参りました。私は私がこれまではっきり意識せずに求めていたものが、それが貴方の内にあるものだったという事を初めて気がつきました。私がいわゆる美しい若侍方に何となくあきたらなかったのは、そういうものが若侍方の内にないからだったという事が解って参りました。私は貴方からお手紙を頂いて本統に初めて自分の求めていたものがはっきり致しました。私は今幸福を感じております。

それから貴方は貴方にお似合にならない顧慮ばかりしておいでです。それを決して悪く解《と》りは致しません。しかし本統にそれは無駄な事です。これからは決してそれを仰有《おっしゃ》らないで頂きます。私は心から嬉しく思い上げております。云々。

こういう意味がもっともっと美しい、それから艶のある女らしい感情で書いてあった。後《あと》から書いた方には、何故貴方が私の返事を受け取る機会をお避けになるのか解りませんと、それを切《しき》りに憾《うら》んであった。その後には実際的な、今後どうしたらいいかという事が細々《こまごま》と書いてあった。近く来る宿下《やどさが》りの日にそれを両親に打ち明けようと思うというような事が書いてあった。

蠣太の顔は紅《あか》くなった。彼は自分の胸の動悸《どうき》を聴いた。彼は暫《しばら》くぼんやりしてしまった。彼はこれをまともに信じていいか、どうかを迷いさえした。彼は彼の胸に新しく出来た――それは五分前まではなかった、妙なものを感じた。彼は自分の年がわからなくなった。何故ならこういう妙なものを胸に感じたのは彼がまだ雲州《うんしゅう》松江にいた十二、三の頃一度そういう事があっただけだったからである。その時にそれが対手《あいて》の冷笑で惨《みじ》めな幻滅で終って以来、全く自信を失った――彼自身にいわすれば己《おの》れを知った――彼には今日まで再びそういうものが彼の胸に訪れて来なかったからであった。

彼は夢のような気持になっていた。しかし間もなく、今日艶書を落して来た事を憶い出すと彼はぎょっとした。俺はどうすればいいのだ。彼は堪《たま》らない気がした。彼はつくづく自分を馬鹿者だと思った。それは動機に弁解は出来るにしろ、自分は人間の最も聖《きよ》い気持を悪戯《いたずら》に使おうとしたのだ。それを尊重する事をどうして忘れていたろう。この償《つぐな》いはどうすればいいのだ。――彼は全く熱してしまった。

夜《よ》が更《ふ》けた。床へ入ったが眠れない。どうしてこんな事になったろうという気がいまだにしている。彼はもう仕方がないと思った。落した艶書が何かしらんの解決に導いてくれる、それに従うより仕方がないと思った。

彼の感動は段々静まって行った。彼の頭は再び彼の侍としての役目へ返って行った。彼は夢から覚めたような気持になった。五十四郡の運命にかかわる大事の場合に自身だけの事に没頭していては済まないと思った。自分は今心を鬼にしなければならぬ時だ。ともかくも自分の役目は果たさねばならぬ。小江にもそれは後で解る事だ。幸《さいわい》に総《すべ》てが順調に行った日に小江との事は改めて甦《よみがえ》らせられない事ではない。その時になれば何《なに》も彼《か》も解る事だ。――そう思っても彼には何か淋しい気持が残った。彼は淋しいままに暫くすると眠ってしまった。

翌朝《よくあさ》になった。定刻に蠣太は出勤した。彼の顔はいつもより青かった。彼は何となく元気がなかった。しかし何となく興奮もしていた。

暫くすると老女の蝦夷菊《えぞぎく》からちょっと部屋まで来てくれという使が来た。蠣太はしおしおとして行った。それが自分でも相応していると思って、彼はそれを取りつくろおうとはしなかった。

老女は人払いをしてから彼に彼の手紙を手渡した。それは開封してあった。

「私《わたくし》が拾ったからいいようなものの、他人の手で拾われたら、どうするおつもりです」老女はこう叱るようにいった。

そういった老女も蠣太には好意を持っていた。殊に切腹未遂からは一層蠣太に感心していたから、こんな事でこの侍にきずがつく事は腹から残念に思った。老女は自分は堅く口をつぐんでいるから、総ては無かった昔としてこれまで通り御用をはげんで下さらねば困る。小江にやった手紙はいい機会に必ず取もどしておいて上げるからと、なおこんこんと将来をいましめた。

蠣太は一言もなかった。彼はそれは彼のいい性質が他人の心から反射して来るのだとは気がつかなかった。そして、どうしてこう皆《みんな》いい人たちばかりだろうと考えた。兵部《ひょうぶ》は悪人だが、こういういい人たちのいるこの一家を破滅さすために自分が働かねばならぬかと思うとちょっと淋しい気になった。

彼は病気といって部屋へ引き退《さ》がると、こうなればもうこのままやり通すより仕方がないと考えた。彼は蝦夷菊宛《あて》の書置《かきおき》を書いた。

自分は自分の年をも考えず痴情に陥入った段、何とも恥入る次第である。何の面目あって再び貴女と顔を合す事が出来よう。こうなった以上小江殿《さざえ》を忘れられもせず、またこのままでは今まで通りお勤めも出来なくなった。誠に我ながら愛想の尽きる次第である。

こんな意味だった。

蠣太《かきた》は天井に隠しておいた自分と鱒次郎《ますじろう》の秘密の報告書を肌身につけて、夜《よ》の更けるのを待って屋敷を脱け出した。

そして白石をさして急いだ。

書置は翌日蝦夷菊《えぞぎく》の手に入った。蝦夷菊は気の毒な事をしたと思ったが、今は仕方なかった。それをそのままに握りつぶすわけにも行かなかったから、殿様の兵部《ひょうぶ》に見せた。兵部は心から笑った。いあわせた侍たちも心から笑った。蠣太と小江との対照が彼らにはこの上なく可笑《おか》しかった。そして、それは笑い話だったが、人々には小江が人眼にも知れる位弱ってしまったのが、どういうわけか解らなかった。

小江はまた蠣太の仕《し》た事がどうしても解らなかった。しかし小江は馬鹿ではなかった。これには何かあると思った。小江は独《ひと》り苦しい気持を忍んで誰にもそれを話さなかった。蝦夷菊から最初の手紙を見せるよういわれた時も、もう焼き捨てましたと答えて、後から直ぐ本統に焼き捨ててしまった。だから蠣太と小江との事は皆《みんな》の間には一場の笑い話の種として残るだけだった。

それから暫くしてある日原田甲斐《はらだかい》が訪ねて来た。甲斐は兵部と二人、離れの茶室に人を避けて暫く密談をした。そして用が済むと二人は座敷へ帰って来て、皆《みんな》とともに酒宴《さかもり》を始めた。その時兵部は座談として蠣太と小江の話をした。最初甲斐は兵部とともに笑っていた。しかし段々彼は変な顔をしだした。しまいに非常に不機嫌な顔になった。

甲斐は兵部にもう一度離れに来て下さいといった。二人はまた暫く密談した。間もなく蝦夷菊と小江が其処《そこ》に呼ばれて行った。小江は甲斐から峻酷に調べられた。今は本統の事をいうより仕方がないと思った。小江は悪びれずに本統の事を話した。甲斐は益々《ますます》不機嫌な顔をした。

小江は直ぐ親元へ下げられ、其処で監視を受けねばならぬ身となった。蝦夷菊は自分から願い出て役を退《しりぞ》いた。

間もなくいわゆる伊達《だて》騒動が起ったが、長いごたごたの結果、原田甲斐一味の敗《ま》けになった事は人の知る通りである。

事件が終ってから蠣太は本名にかえって、同じく変名していた鱒次郎をたずねて見たが、どうなったか皆目行方《かいもくゆくえ》が知れなかった。それは甲斐のために人知れず殺されたのだろうという事だった。

最後に蠣太と小江との恋がどうなったかが書けるといいが、昔の事で今は調べられない。それはわからずじまいである。

母の死と新しい母

一

十三の夏、学習院の初等科を卒業して、片瀬《かたせ》の水泳に行っていた。常立寺《じょうりゅうじ》の本堂が幼年部の宿舎になっていた。

午後の水泳が済んで、皆《みんな》で騒いでいると小使が祖父からの手紙を持って来た。私《わたし》は遊びを離れて独《ひと》り本堂の縁《えん》に出て、立ったままそれを展《ひら》いて見た。中に、母が懐妊したようだという知らせがあった。

母は十七で直行《なおゆき》という私の兄を生んだ。それが三つで死ぬと、翌年《よくとし》の二月に私が生れた。それっきりで十二年間は私一人だった。ところに、不意にこの手紙が来たのである。嬉《うれ》しさに私の胸はワクワクした。

手紙を巻いていると、一つ上の級の人が故意《わざ》と顔を覗《のぞ》き込むようにして、

「お小遣《こづかい》が来たね」と笑った。

「いいえ」

答えながら、賤《いや》しい事をいう人だ、と思った。

私は行李《こうり》から懐中硯《かいちゅうすずり》を出して、祖父へと母へと別々に手紙を出した。

――旅に出ると私は家中《うちじゅう》――祖父から女中までに何か土産《みやげ》を買って帰らねば気が済まなかった。しまいには「今度はおよしよ」といわれるようになった。それでやはり買って来る。と、祖母や母も「それぞれうまい物を見立てて」と讃《ほ》めた。

この水泳でも、来るとからそれを考えていた。しかし手紙を見ると「今度は特別に母だけにしよう」と急に気が変った。「褒美《ほうび》をやる」こういうつもりであった。

江の島の貝細工では蝶貝という質《しつ》が一番上等となっていたから、それで頭の物を揃《そろ》えようと思った。櫛《くし》、笄《こうがい》、根掛け、簪《かんざし》、これだけを三日ほどかかって叮嚀《ていねい》に見立てた。

片瀬も厭《あ》きて来ると、帰れる日が待遠しくなった。

日清戦争の後《あと》で、戦地から帰って来た予備兵が自家《うち》にも二十何人か来て泊っているという便りが暫《しばら》くすると来た。私は賑《にぎや》かな自家《うち》の様子を想像して早く帰りたくなった。

二

帰ると、土産を持って直《す》ぐ母の部屋へ行った。母は寝ていた。悪阻《つわり》だという事で、元気のない顔をしていた。

その部屋の隣は十七畳のきたない西洋間で、敷物もなく、普段は箪笥《たんす》や長持《ながもち》の置場になっていたが、片づけられて兵隊が十何人か其所《そこ》に入っていた。その騒ぎが元気なく寝ている母に一々聴えて来る。それがさぞいやだろうと思った。

母は夜着《よぎ》から手を出して、私の持って来た品を一つ一つ、桐の函《はこ》から出して眺めていた。

――翌朝《よくあさ》起きると直ぐ行って見た。母は不思議そうに私の顔を見つめていたが、

「何時《いつ》帰って来たの？」といった。

「昨日《きのう》帰ったんじゃありませんか。持って来たお土産を見たでしょう」こういっても考える様子だから、私はその品々を父の机の上から取り下して見せてやった。それでも母は憶《おも》い出さなかった。

その時は気にも掛けなかったが、段々悪くなるにつれ、頭が変になって行った。そして暫くすると頭を冷やす便宜から母はざんぎりにされてしまった。

病床を茶の間の次へ移した。隣室の兵隊がやかましくてか、それは忘れた。もしかしたらその時はもう兵隊はいなかったかも知れない。

大分《だいぶ》悪くなってからである。母が仰向《あおむ》けになっている時、祖母が私に顔を出して見ろといった。ぼんやり天井を眺めている顔の上に私は自分の顔を出して見た。傍《わき》で祖母が、

「誰かこれが解るか？」と訊《き》いた。母は眸《ひとみ》を私の顔の上へ集めて、少時《しばらく》、凝《じ》っと見ていた。その内母は泣きそうな顔をした。私の顔もそうなった。そうしたら、母は途《と》断《ぎ》れ途断れに、

「色が黒くても、鼻が曲っていても、丈夫でさえあればいい」こんな事をいった。

次に、根岸のお婆さんという、母の母が私のしたように顔を出して、自分で、

「私は？」といって見た。

母はまた眸を集めて見ていたが、急に顔を顰《しか》めて、

「ああ、いやいや、そんな汚いお婆さんは……」

と眼をつぶってしまった。

三

かかりつけの医者は不愛想な人だが、親切で、その上自家《うち》中の人の体を呑み込んでいると祖母などは信用しきっていた。ところがその二年ほど前、旧藩主の気の違った殿様を毒殺したという嫌疑で私の祖父ら五、六人とともに二カ月半この人も未決監に入れられた。それ以来どういう理《わけ》か縁を切った。（今はまたかかるようになったが）で、母の

病気は松山という世間的にはこの人より有名な近所の医者に診察してもらっていた。しかし祖母は何かとそれに不平があった。殊《こと》にのっぺりした代診のお世辞のいいのを不快に思っていた。

病気は段々と進んで行った。絶えず頭と胸を氷で冷やした。これも理由を知らないが、病床はまた座敷の次の間へ移された。で、二、三日するといよいよ危篤となった。

汐《しお》の干《ひ》く時と一緒に逝くものだと話していた。それを聴くと私は最初に母の寝ていた部屋へ馳《か》けて行って独りで寝ころんで泣いた。

書生が慰めに入って来た。それに、

「何時から干くのだ?」ときいた。書生は、

「もう一時間ほどで干きになります」と答えた。

母はもう一時間で死ぬのかと思った。「もう一時間で死ぬのか」そうその時思ったという事は何故《なぜ》かその後《ご》も度々《たびたび》想《おも》い出された。

座敷へ来ると、母はもう片息で、皆《みんな》が更《かわ》る更《がわ》る紙に水を浸して唇を濡らしていた。

——髪をかった母は恐ろしく醜くなってしまった。

祖父、祖母、父、曾祖母《そうそぼ》、四つ上の叔父《おじ》、医者の代診、あと誰がいたか忘れた。これらの人が床のまわりを取巻いていた。私は枕の直ぐ前に坐らされた。

散切《ざんぎり》になった頭が括枕《くくりまくら》の端の方へ行ってしまっている。それが息をする度《たび》に烈《はげ》しく揺れた。吾々《われわれ》が三つ呼吸する間に、母は頭を動かして、一つ大きく息をひいた。三つ呼吸する間が四つする間になり、五つする間になり、段々間《あいだ》があいて行く。蹰《こご》んで、脈を見ている代診は首を傾けて薄眼を開《あ》いている……。もう仕《し》なくなった。こう思うと、暫くして母はまた大きく一つ息をひいた。その度に頭の動かし方が穏かになって行った。

少時《しばらく》すると不意に代診は身を起した。――母はとうとう死んでしまった。

四

翌朝《よくちょう》、線香を上げに行った時、其処《そこ》には誰もいなかった。私は顔に被《か》ぶせてある白い布《きれ》を静かにとって見た。ところが、母の口からは蟹《かに》の吐くような泡が盛り上っていた。

「まだ生きている」ふッとそう思うと、私は縁側を跳んで祖母に知らせに行った。

祖母は来て見て、

「中にあった息が自然に出て来たのだ」といって紙を出して叮嚀《ていねい》にその泡を拭《ふ》き去《と》った。

江の島から買って来た頭の物はそのまま皆《みな》、棺に納めた。棺を〆《しめ》る金槌《かなづち》の音は私の心に堪えられない痛さだった。坑《あな》に棺を入れる時にはもうお終《しまい》だと思った。ガタンガタンと赤土の塊を投込むのがまた胸に響いた。

「もうよろしいんですか?」こういうと、待ちかねたように鍬《くわ》やシャベルを持った男が遠慮会釈《えしやく》なく、ガタガタガタガタと土を落して埋めてしまった。もう生きかえっても出られないと思った。

母は明治二十八年八月三十日に三十三で死んだ。下谷《したや》の御成道《おなりみち》に生れて、名をお銀《ぎん》といった。

五

母が亡《な》くなって二月《ふたつき》ほどすると自家《うち》では母の後《あと》を探しだした。四十三の父がまた結婚するという事がその時の私には思いがけなかった。

お益《ます》さんという人の話が出た。これも思いがけなかった。この人は七つまでの友達だったお清《きよ》さんという人の姉さんのまた姉さんである。が、その話はそれっきりで、かえってお益さんの父から他《ほか》の話が起った。そして写真が来た。

その翌日祖母は私にその写真を見せて、

「お前はどう思う?」といった。不意で何といっていいかわからなかった。ただ、

「心さえいい方《かた》なら」と答えた。

この答は祖母をすっかり感心させた。十三の私からこの答を聴こうとは思わなかったように祖母は祖父にそれを話していた。聞いていて片腹《かたはら》痛かった。

暫くして話は決った。話が決ると私は急に待遠しくなった。母となるべき人は若かった。そして写真では亡くなった母より遥かに美しかった。

――実母を失った当時は私は毎日泣いていた。――後年《こうねん》義太夫で「泣いてばっかりいたわいな」という文句を聴き当時の自分を憶い出したほどによく泣いた。とにかく、生れて初めて起った「取りかえしのつかぬ事」だったのである。よく湯で祖母と二人で泣いた。しかし私は百日過ぎない内にもう新しい母を心から待ち焦《こが》れるようになっていた。

六

一日一日を非常に待遠しがった末に、漸《ようや》く当日が来た。赤坂の八百勘《やおかん》で式も披露もあった。

式は植込みの離れであった。四つ上の叔父、曾祖母、祖母、祖父らと並んでお杯《さかずき》を受けた。その時私は不器用に右手だけを出して台から杯を取上げた。武骨な豪傑肌の叔父さえも、謹んでしている中で自分だけわざとそういう事をした。しながら少し変な気もしたが、勇ましいような心持もあった。

式が終って、植込みの中を石を伝って還《かえ》って来ると、背後《うしろ》から、

「何だ、あんなゾンザイな真似《まね》をして」と叔父が小声で怒った。私は初めて大変な失策をしたと気がついた。私は急に萎《しお》れてしまった。

広間では客が皆《みんな》席についていた。私は新しい母の次に坐った。母は拇指《おやゆび》に真白な繃帯《ほうたい》をしていた。かすかな沃度《ヨード》ホルムの匂いがした。

席が乱れるにつれて私も元気になって来た。雛妓《おしやく》の踊りが済むと、大きい呉服屋の息子で私と同年の子供がその時分流行しだした改良剣舞をやった。その後で四つ上の叔父

と私とただの剣舞をした。

芸者が七、八人いた。吾々の前には顔立のいい女が坐っていた。父は少し酒に酔っていて、母の前で、その芸者に「この中ではお前が一番美しい」という意味の事をいった。何かいって芸者は笑った。母も強《し》いられて少し笑った。私はヒヤリとした。お杯の時した自分の武骨らしい厭味《いやみ》な様子と、父のこれとが、その時心で結びついたのである。

お開《ひら》きになった。玄関で支度をしていると、新しい母の母が寄って来て、「これを忘れましたから、上げて下さい」と小さな絹のハンケチを手渡した。

帰ると、母はもう奥へ行っていて会えなかった。私はそれを叮嚀にたたみ直して自分の用箪笥《ようだんす》にしまって寝た。

七

翌朝《よくちょう》私が起きた時には母はもう何かちょっとした用をしていた。私は縁側の簀子《すのこ》で顔を洗ったが、何時《いつ》もやるように手で洟《はな》が何となくかめなかった。

顔を洗うと直ぐハンケチを出して母を探した。母は茶の間の次の薄暗い部屋で用をしていた。私は何か口籠《くちご》もりながらそれを渡した。

「ありがとう」こういって美しい母は親しげに私の顔を覗《のぞ》き込んだ。二人だけで口をきいたのはこれが初めてであった。

渡すと私は縁側を片足で二度ずつ跳ぶ馳け方をして書生部屋に来た。書生部屋に別に用があったのでもなかったが。

その晩だったと思う。寝てから、

「今晩はお母さんの方で御やすみになりませんか」

と女中が父の使《つかい》で来た。

行くと、寝ていた母は床を半分空けて、

「お入りなさい」といった。

父も機嫌がよかった。父は「子宝《こだから》といって子ほどの宝はないものだ」こんな事を繰り返し繰り返しいい出した。私は擽《くすぐ》られるような、何かいたたまらないような気持がして来た。

私の幼年時代には父は主に釜山《ふざん》と金沢に行っていた。私は祖父母と母の手で育てられた。そして一緒にいた母さえ、祖母の盲目的な烈《はげ》しい愛情を受けている私にはもう愛する余地がなかったらしかった。まして父はもう愛を与える余地を私の中に何処《どこ》にも見出す事が出来なかったに相違ない。この感じは感じとしてその時でもあったから、私には子宝が何となく空々しく聴きなされたのである。――それより母に対して気の毒な気がした。

父が眠ってから母と話した。暫くして私は祖父母の寝間《ねま》へ還って来た。

「何の御話をして来た」祖母が訊《き》いたが、

「御話なんかしなかった」と答えて直ぐ夜着の襟に顔を埋《う》めて眠った風をした。そして独《ひと》り何となく嬉《うれ》しい心持を静かに味わった。

皆《みんな》が新しい母を讃めた。それが私には愉快だった。そしてこの時はもう実母の死も純然たる過去に送り込まれてしまった、――少くともそんな気がして来た。祖母も死んだ母の事を決していわなくなった。私も決してそれを口に出さなかった。祖母と二人だけになってもその話は決してしなくなった。

その内親類廻りが始まった。

祖母が一番先、次に母、それから私と、俥《くるま》を連らねて行った。往来の男は母の顔に特別に注意した。母衣《ほろ》の中で俯向《うつむ》き加減にしている母の顔を不遠慮に凝《じ》っと見る男の眼を見ると、その度々私は淡い一種の恐怖と淡い一種の得意とを感じていた。

翌々年英子《よくよくねんふさこ》が生れた。

また二年して直三《なおぞう》が生れた。

また二年して淑子《よしこ》が生れた。これは今年十二になる。祖母のペットで、祖母と同じように色の浅黒い児《こ》である。

また二年して隆子《たかこ》が生れた。また二年して女の子が死んで生れた。隆子はその乳までも飲んで母のペットになっていた。

それから三年して、眼の大きい昌子《まさこ》が生れた。昌子が三つと二カ月になったこの正月にまた女の子が生れた。

母のお産は軽かったが、後《あと》まで腹が痛んだ。

「まだよほど痛みますか？」と私が訊いた時、

「蒟蒻《こんにゃく》で温めてもらったら大分よくなりました」母は力《りき》み力み答えた。

「こんなに痛むのは今度だけですね」

「年をとって段々体が弱って来たのでしょうよ」若くて美しかった母もこんな事をいうようになった。

清《せい》兵《べ》衛《え》と瓢簞《ひょうたん》

これは清兵衛《せいべえ》という子供と瓢簞《ひょうたん》との話である。この出来事以来清兵衛と瓢簞とは縁が断《き》れてしまったが、間もなく清兵衛には瓢簞に代わる物が出来た。それは絵を描《か》く事で、彼はかつて瓢簞に熱中したように今はそれに熱中している……

清兵衛が時々瓢簞を買って来る事は両親も知っていた。三、四銭から十五銭位までの皮つきの瓢簞を十ほども持っていたろう。彼はその口を切る事も種を出す事も独《ひと》りで上手にやった。栓も自分で作った。最初茶渋《ちゃしぶ》で臭味《くさみ》をぬくと、それから父の飲みあました酒を貯えておいて、それで頻《しき》りに磨いていた。

全く清兵衛の凝《こ》りようは烈《はげ》しかった。ある日彼はやはり瓢簞の事を考え考え浜通りを歩いていると、ふと、眼に入った物がある。彼ははッとした。それは路端《みちばた》に浜を背にしてズラリと並んだ屋台店の一つから飛び出して来た爺さんの禿頭《はげあたま》であった。清兵衛はそれを瓢簞だと思ったのである。「立派な瓢《ひょう》じゃ」こう思いながら彼は暫《しばら》く気がつかずにいた。——気がついて、さすがに自分で驚いた。その爺さんはいい色をした禿頭を振り立てて彼方《むこう》の横町へ入って行った。清兵衛は急に可笑《おか》しくなって一人大きな声を出して笑った。堪《たま》らなくなって笑いながら彼は半町ほど馳《か》けた。それでもまだ笑いは止まらなかった。

これほどの凝《こ》りようだったから、彼は町を歩いていれば骨董屋《こっとうや》でも八百屋《やおや》でも荒物屋でも駄菓子屋でもまた専門にそれを売る家《うち》でも、およそ瓢箪を下げた店といえば必ずその前に立って凝《じ》っと見た。

清兵衛は十二歳でまだ小学校に通《かよ》っている。彼は学校から帰って来ると他《ほか》の子供とも遊ばずに、一人よく町へ瓢箪を見に出かけた。そして、夜は茶の間の隅に胡坐《あぐら》をかいて瓢箪の手入れをしていた。手入れが済むと酒を入れて、手拭《てぬぐい》で巻いて、鑵《かん》にしまって、それごと炬燵《こたつ》へ入れて、そして寝た。翌朝《よくあさ》は起きると直《す》ぐ彼は鑵を開けて見る。瓢箪の肌はすっかり汗をかいている。彼は厭《あ》かずそれを眺めた。それから叮嚀《ていねい》に糸をかけて陽《ひ》のあたる軒へ下げ、そして学校へ出かけて行った。

清兵衛のいる町は商業地で船つき場で、市《し》にはなっていたが、割に小さな土地で二十分歩けば細長い市のその長い方が通りぬけられる位であった。だから仮令《たとえ》瓢箪を売る家《うち》はかなり多くあったにしろ、殆《ほとん》ど毎日それらを見歩いている清兵衛には、恐らく総《すべ》ての瓢箪は眼を通されていたろう。

彼は古瓢《こひょう》には余り興味を持たなかった。まだ口も切ってないような皮つきに興味を持っていた。しかも彼の持っているのは大方いわゆる瓢箪形の、割に平凡な恰好《かっこう》をした物ばかりであった。

「子供じゃけえ、瓢いうたら、こういうんでなかにゃあ気に入らんもんと見えるけのう」大工をしている彼の父を訪ねて来た客が、傍《そば》で清兵衛が熱心にそれを磨いているのを見ながら、こういった。彼の父は、

「子供の癖に瓢いじりなぞをしおって……」とにがにがしそうに、その方を顧みた。

「清公《せいこう》。そんな面白うないのばかり、えっと持っとってもあかんぜ。もちっと奇抜《きばつ》なんを買わんかいな」と客がいった。清兵衛は、

「こういうがええんじゃ」と答えて済ましていた。

清兵衛の父と客との話は瓢箪の事になって行った。

「この春の品評会に参考品で出ちょった馬琴《ばきん》の瓢箪という奴は素晴しいもんじゃったのう」と清兵衛の父がいった。

「えらい大けえ瓢じゃったけのう」

「大けえし、大分長かった」

こんな話を聞きながら清兵衛は心で笑っていた。馬琴の瓢というのはその時の評判な物ではあったが、彼はちょっと見ると、――馬琴という人間も何者だか知らなかったし――直ぐ下らない物だと思ってその場を去ってしまった。

「あの瓢はわしには面白うなかった。かさ張っとるだけじゃ」彼はこう口を入れた。

それを聴くと彼の父は眼を丸くして怒った。

「何じゃ。わかりもせん癖して、黙っとれ！」

清兵衛は黙ってしまった。

ある日清兵衛が裏通りを歩いていて、いつも見なれない場所に、仕舞屋《しもたや》の格子《こうし》先《さき》に婆さんが干柿や蜜柑《みかん》の店を出して、その背後《うしろ》の格子に二十ばかりの瓢簞を下げておくのを発見した。彼は直ぐ、

「ちょっと、見せてつかあせえな」と寄って一つ一つ見た。中に一つ五寸ばかりで一見極《ご》く普通な形をしたので、彼には震《ふる》いつきたいほどにいいのがあった。

彼は胸をどきどきさせて、

「これ何ぼかいな」と訊《き》いて見た。婆さんは、

「ぼうさんじゃけえ、十銭にまけときやんしょう」と答えた。彼は息をはずませながら、

「そしたら、きっと誰にも売らんといて、つかあせえのう。直ぐ銭《ぜに》持って来やんすけえ」くどく、これをいって走って帰って行った。

間もなく、赤い顔をしてハアハアいいながら還《かえ》って来ると、それを受け取ってまた走って帰って行った。

彼はそれから、その瓢が離せなくなった。学校へも持って行くようになった。しまいには時間中でも机の下でそれを磨いている事があった。それを受持の教員が見つけた。修身の時間だっただけに教員は一層怒った。

他所《よそ》から来ている教員にはこの土地の人間が瓢簞などに興味を持つ事が全体気に食わなかったのである。この教員は武士道をいう事の好きな男で、雲右衛門《くもえもん》が来れば、いつもは通りぬけるさえ恐れている新地の芝居小屋に四日の興行を三日聴きに行く位だから、生徒が運動場《うんどうば》でそれを唄う事にはそれほど怒らなかったが、清兵衛の瓢簞では声を震わして怒ったのである。「到底《とうてい》将来見込のある人間ではない」こんな事までいった。そしてそのたんせいを凝《こ》らした瓢簞はその場で取り上げられてしまった。清兵衛は泣けもし

なかった。

彼は青い顔をして家《うち》へ帰ると炬燵《こたつ》に入ってただぼんやりとしていた。

そこに本包みを抱《かか》えた教員が彼の父を訪ねてやって来た。清兵衛の父は仕事へ出て留守だった。

「こういう事は全体家庭で取り締って頂くべきで……」教員はこんな事をいって清兵衛の母に食ってかかった。母はただただ恐縮していた。

清兵衛はその教員の執念深さが急に恐ろしくなって、唇を震わしながら部屋の隅で小さくなっていた。教員の直ぐ後の柱には手入れの出来た瓢箪が沢山下げてあった。今気がつくか今気がつくかと清兵衛はヒヤヒヤしていた。

散々《さんざん》叱言《こごと》を並べた後《あと》、教員はとうとうその瓢箪には気がつかずに帰って行った。清兵衛はほッと息をついた。清兵衛の母は泣き出した。そしてダラダラと愚痴っぽい叱言をいいだした。

間もなく清兵衛の父は仕事場から帰って来た。で、その話を聞くと、急に側《そば》にいた清兵衛を捕えて散々に撲《なぐ》りつけた。清兵衛はここでも「将来とても見込のない奴だ」といわれた。「もう貴様のような奴は出て行け」といわれた。

清兵衛の父はふと柱の瓢箪に気がつくと、玄能《げんのう》を持って来てそれを一つ一つ割ってしまった。清兵衛はただ青くなって黙っていた。

さて、教員は清兵衛から取り上げた瓢箪を穢《けが》れた物でもあるかのように、捨てるように、年寄った学校の小使にやってしまった。小使はそれを持って帰って、くすぶった小さな自分の部屋の柱へ下げておいた。

二カ月ほどして小使は僅《わず》かの金に困った時にふとその瓢箪をいくらでもいいから売ってやろうと思い立って、近所の骨董屋へ持って行って見せた。

骨董屋はためつ、すがめつ、それを見ていたが、急に冷淡な顔をして小使の前へ押しやると、

「五円やったら貰《もろ》うとこう」といった。

小使は驚いた。が、賢い男だった。何食わぬ顔をして、

「五円じゃとても離し得やしえんのう」と答えた。骨董屋は急に十円に上げた。小使はそれでも承知しなかった。

結局五十円で漸《よう》やく骨董屋はそれを手に入れた。——小使は教員からその人の四カ月分の月給をただ貰ったような幸福を心ひそかに喜んだ。が、彼はその事は教員には勿論《もちろん》、

清兵衛にもしまいまで全く知らん顔をしていた。だからその瓢箪の行方《ゆくえ》に就《つい》ては誰も知る者がなかったのである。

しかしその賢い小使も骨董屋がその瓢箪を地方の豪家に六百円で売りつけた事までは想像も出来なかった。

……清兵衛は今、絵を描く事に熱中している。これが出来た時に彼にはもう教員を怨《うら》む心も、十あまりの愛瓢を玄能で破《わ》ってしまった父を怨む心もなくなっていた。

しかし彼の父はもうそろそろ彼の絵を描く事にも叱言を言い出して来た。

范《はん》の犯罪

范《はん》という若い支那人の奇術師が演芸中に出刃庖丁《でばぼうちょう》ほどのナイフでその妻の頸動脈《けいどうみゃく》を切断したという不意な出来事が起った。若い妻はその場で死んでしまった。范は直《す》ぐ捕えられた。

現場《げんじょう》は座長も、助手の支那人も、口上《こうじょう》いいも、なお三百人余りの観客も見ていた。観客席の端に一段高く椅子《いす》をかまえて一人の巡査も見ていたのである。ところがこの事件はこれほど大勢の視線の中心に行われた事でありながら、それが故意の業《わざ》か、過《あやま》ちの出来事か、全く解らなくなってしまった。

その演芸は戸板位の大きさの厚い板の前に女を立たせておいて二間《けん》ほど離れた処《ところ》から出刃庖丁ほどの大きなナイフを掛け声とともに二寸と離れない距離にからだに輪廓をとるように何本も何本も打ち込んで行く、そういう芸である。

裁判官は座長に質問した。

「あの演芸は全体むつかしいものなのか？」

「いいえ、熟練の出来た者には、あれはさほどむつかしい芸ではありません。ただ、あれを演ずるにはいつも健全な、そして緊張した気分を持っていなければならないという事はあります」

「そんなら今度のような出来事は過失としてもあり得ない出来事なのだな」

「勿論《もちろん》そういう仮定——そういう極《ご》く確《たしか》な仮定がなければ、許しておける演芸ではございません」

「では、お前は今度の出来事は故意の業と思っているのだな?」

「いや、そうじゃあありません。何故《なぜ》なら、何しろ二間という距離を置いて、単に熟練とある直覚的な能力を利用してする芸ですもの、機械でする仕事のように必ず正確に行くとは断言出来ません。ああいう過《あやま》りが起るまでは私どもはそんな事はあり得ないと考えていたのは事実です。しかし今此処《ここ》に実際起った場合、私どもは予《かね》てこう考えていたという、その考《かんがえ》を持ち出して、それを批判する事は許されていないと思います」

「全体お前はどっちだと考えるのだ」

「つまり私には分らないのであります」

裁判官は弱った。此処に殺人という事実はある。しかしそれが故殺《こさつ》あるいは謀殺(謀殺とすればこれほど巧みな謀殺はないと裁判官は考えた)だという証拠は全くない。裁判官は次に范がこの一座に加わる前から附いていた助手の支那人を呼んで質問を始めた。

「ふだんの素行《そこう》はどういう風だった」

「素行は正しい男でございます。賭博《とばく》も女遊びも飲酒も致しませんでした。それにあの男は昨年あたりからキリスト教を信じるようになりまして、英語も達者ですし、暇があると、よく説教集などを読んでいるようでした」

「妻の素行は？」

「これも正しい方でございました。御承知の通り旅芸人というものは決して風儀のいい者ばかりではありません。他人の妻を連れて逃げてしまう、そういう人間も時々はある位で、范の妻も小柄な美しい女で、そういう誘惑も時には受けていたようでしたが、それらの相手になるような事は決してありませんでした」

「二人の性質は？」

「二人ともに他人には極く柔和で親切で、また二人ともに他人に対しては克己心も強く決して怒るような事はありませんでした。が、（此処で支那人は言葉を断《き》った。そしてちょっと考えて、また続けた）――この事を申上げるのは范のために不利益になりそうで心配でもありますが、正直に申し上げれば、不思議な事に他人に対してはそれほどに柔和で親切で克己心の強い二人が、二人だけの関係になると何故か驚くほどお互に惨酷になる事でございます」

「何故だろう?」

「解りません」

「お前の知ってる最初からそうだったのか」

「いいえ、二年ほど前妻が産を致しました。赤児《あかご》は早産《そうざん》だという事で三日ばかりで死にましたが、その頃から二人は段々に仲が悪くなって行くのが私どもにも知れました。二人は時々極《ご》く下らない問題から烈《はげ》しい口論を起します。そういう時、范は直ぐ蒼《あお》い顔になってしまいます。しかしあの男はどんな場合でも結局は自分の方で黙ってしまって、決して妻に対して手荒な行いなどをする事はございません。もっともあの男の信仰もそれを許さないからでしょうが、顔を見るとどうしても、抑えきれない怒りが凄《すご》いほどに露《あらわ》れている事もございます。で、私はある時それほど不和なものならいつまでも一緒にいなくてもいいだろう、といった事がございます。しかし范は、妻には離婚を要求する理由があっても、こっちにはそれを要求する理由はないと答えました。范は何処《どこ》までも自分の我儘《わがまま》にしていました。どうしても妻を愛する事が出来ない、自分に愛されない妻が、段々に自分を愛さなくなる、それは当然な事だ、こんな事もいっていました。あの男がバイブルや説教集を読むようになった動機もそれで、どうかして自分の心を和《やわら》げて憎むべき理由もない妻を憎むという、むしろ乱暴な自分の心をため直してしまおうと考えていたようでした。妻もまた実際可哀《かわい》そうな女なのです。范と一緒になってから三年近く旅芸人としてあっちこっちと廻り歩いていますが、故郷の兄というのが放蕩者《ほうとうもの》で家《うち》はもうつぶれて無いのです。仮に范と別れて帰ったところが、四年も旅を廻って来た女を信用して結婚する男もないでしょうし、不和でも范と一緒にいるより他《ほか》はなかったのだと思います」

「で、全体お前はあの出来事についてはどう思う」

「過りで仕《し》た事か、故意で仕た事かと仰有《おつしや》るのですか?」

「そうだ」

「私も実はあの時以来、色々と考えて見ました。ところが考えれば考えるほど段々解らなくなってしまいました」

「何故?」

「何故か知りません。事実そうなるのです。恐らく誰でもそうなるだろうと思います。

口上いいの男に訊《き》いて見たところが、この男ももう解らないと申しました」

「では出来事のあった瞬間にはどっちかと思ったのか？」

「思いました。(殺したな)と思いました」

「そうか」

「ところが口上いいの男は(失策《しま》った)と思ったそうです」

「そうか――しかしそれはその男が二人の平常《へいぜい》の関係を余り知らないところから単純にそう思ったのではないかネ？」

「そうかも知れませんが、私が(殺したな)と思ったのも、同様に二人の平常《ふだん》の関係をよく知ってるところから、単純にそう思ったのかも知れないと、後では考えられるのです」

「その時の範の様子はどうだった」

「範は(あっ)と声を出しました。それで私も気がついた位で、見ると女の首からは血がどっと溢《あふ》れました。それでもちょっとの間《あいだ》は立っていましたが、ガクリと膝を折ると、ささったナイフでちょっと身体《からだ》がつられ、そのナイフが抜けると一緒にくずれるように女のからだは前へのめってしまいました。その間誰もどうする事も出来ません。ただ堅くなって見ているばかりでした。で、確な事は申されません。何故なら私はその時范の様子を見るほど余裕がなかったからです。がしかし范もその数秒間は恐らく私たちと同じだったろうと思われます。その後で私には(とうとう殺したな)という考が浮んだのです。が、その時は范は真蒼《まつさお》になって眼を閉じて立っていました。幕を閉めて、女を起して見ると、もう死んでいました。范は興奮から恐ろしい顔をして(どうしてこんな過ちをしたろう)といっていました。そして其処《そこ》に跪《ひざまず》いて長い事黙禱《もくとう》をしました」

「あわてた様子はなかったか?」

「少しあわてた様子でした」

「よろしい。訊《たず》ねる事があったらまた呼び出す」

裁判官は助手の支那人を下げると、最後に本人を其処に連れて来《こ》さした。范は引きしまった蒼い顔をした、賢そうな男だった。一眼《ひとめ》で烈《はげ》しい神経衰弱にかかっている事が裁判官に解った。そして「今、座長と助手とを調べたから、それから先を訊くぞ」と范が席に着くと直ぐいった。范は首肯《うなず》いた。

「お前は妻をこれまで少しも愛した事はないのか?」

「結婚した日から赤児を生む時までは心から私は妻を愛しておりました」

「どうして、それが不和になったのだ」

「妻の生んだ赤児が私の児でない事を知ったからです」

「お前はその相手の男を知っているか？」

「想像しています。それは妻の従兄《いとこ》です」

「お前の知っている男か？」

「親しかった友達です。その男が二人の結婚をいい出したのです。その男から私は勧められたのです」

「お前の所へ来る前の関係だろうな？」

「勿論そうです。赤児は私の所へ来て八月目に生れたのです」

「早産だと助手の男はいっていたが……？」

「そう私がいってきかしたからです」

「赤児は直ぐ死んだというな？」

「死にました」

「何《なん》で死んだのだ」

「乳房《ちぶさ》で息を止《と》められたのです」

「妻はそれを故意でしたのではなかったのか？」

「過ちからだと自身は申しておりました」

裁判官は口をつぐんで凝《じ》っと范の顔を見た。范は顔を挙げたまま伏目をして、次の問を待っている。裁判官は口を開《ひら》いた。

「妻はその関係に就《つい》てお前に打ち明けたか？」

「打ち明けません。私も訊こうとしませんでした。そしてその赤児の死が総《すべ》ての償いのようにも思われたので、私は自身出来るだけ寛大にならなければならぬと思っていました」

「ところが結局寛大になれなかったというのか」

「そうです。赤児の死だけでは償いきれない感情が残りました。離れて考える時には割に寛大でいられるのです。ところが、妻が眼の前に出て来る。何かする。そのからだを見ていると、急に圧《おさ》えきれない不快を感ずるのです」

「お前は離婚しようとは思わなかったか？」

「したいとはよく思いました。しかしかつてそれを口に出した事はありませんでした」

「何故だ」

「私が弱かったからです。妻はもし私から離婚されれば、生きてはいないと申していたからです」

「妻はお前を愛していたか？」

「愛してはいません」

「何故それなら、そんな事をいっていたのだ」

「一つは生きて行く必要からだったと考えます。実家は兄がつぶしてしまいましたし旅芸人の妻だった女を貰う真面目《まじめ》な男のない事を知っているからです。また働くにしても足が小さくて駄目だからです」

「二人の肉体の上の関係は？」

「多分普通の夫婦と、それほどは変らなかったと思います」

「妻はお前に対して別に同情もしていなかったのか？」

「同情していたとは考えられません。――妻にとって同棲している事は非常に苦痛でなければならぬと思うのです。しかしその苦痛を堪え忍ぶ我慢強さはとても男では考えられないほどでした。妻は私の生活が段々と壊されて行くのを残酷な眼つきでただ見ていました。私が自分を救おう――自分の本統の生活に入ろうともがき苦しんでいるのを、押し合うような少しも隙《すき》を見せない心持で、しかも冷然と側《わき》から眺めているのです」

「お前は何故、それに積極的な思い切った態度が取れなかったのだ」

「色々な事を考えるからです」

「色々な事とはどんな事だ」

「自分が誤りのない行為をしようという事を考えるのです——しかしその考はいつも結局何の解決もつけてはくれません」

「お前は妻を殺そうと考えた事はなかったか？」

范は答えなかった。裁判官は同じ言葉を繰返した。それでも范は直ぐは答えなかった。そして、

「その前に死ねばいいとよく思いました」と答えた。

「それならもし法律が許したらお前は妻を殺したかも知れないな？」

「私は法律を恐れてそんな事を思っていたのではありません。私がただ弱かったからです。弱い癖に本統の生活に生きたいという慾望が強かったからです」

「そして、その後《ご》にお前は妻を殺そうと考えたのか？」

「決心はしませんでした。しかし考えました」

「それはあの出来事のどれほど前の事か？」

「前晩です。あるいはその明け方です」

「その前に争いでもしたか？」

「しました」

「何《なん》の事で？」

「お話し仕なくてもいいほど、下らない事です」

「まあ、いって見ないか」

「――食い物の事でです。腹が空《す》いていると私は癇癪持《かんしゃくもち》になるのです。で、その時妻が食事の支度でぐずぐずしていたのに腹を立てたのです」

「いつもより、それが烈しかったのか」

「いいえ。しかしいつになく後まで興奮していました。私は近頃自分に本統の生活がないという事を堪《たま》らなく苛々《いらいら》していた時だったからです。床へ入ってもどうしても眠れません。興奮した色々な考が浮んで来ます。私は私が右顧左顧《とみこうみ》、始終きょときょとと、欲する事も思い切って欲し得ず、いやでいやでならないものをも思い切って撥退《はねの》けてしまえない、中ぶらりんな、うじうじとしたこの生活が総て妻との関係から出て来るものだという気がして来たのです。自分の未来にはもう何の光も見えない。自分にはそれを求める慾望は燃えている。燃えていないまでも燃え立とうとしている。それを燃えさせないものは妻との関係なのだ。しかもその火は全く消えもしない。プスプスと醜く燻《いぶ》っている。その不快と苦しみで自分は今中毒しようとしているのだ。中毒しきった時は自分はもう死んでしまうのだ。生きながら死人になるのだ。自分はそういう所に立っているのになおそれを忍ぼうという努力をしているのだ。そして一方で死んでくれればいい、そんなきたないいやな考を繰返しているのだ。それ位なら、何故殺してしまわないのだ。殺した結果がどうなろうとそれは今の問題ではない。牢屋へ入れられるかも知れない。しかも牢屋の生活は今の生活よりどの位いいか知れはしない。その時はその時だ。その時に起ることはその時にどうにでも破ってしまえばいいのだ。破っても、破っても、破り切れないかも知れない。しかし死ぬまで破ろうとすればそれが俺の本統の生活というものになるのだ。——私は側《そば》に妻のいる事を殆《ほとん》ど忘れていました。私は漸《よう》や《や》く疲れて来ました。疲れても眠れる性質の疲労ではなかったのです。ぼんやりして来ました。張りきった気がゆるんで来るに従って人を殺すというような考の影が段々にぼやけて来たのです。私は悪夢におそわれた後のような淋しい心持になって来ました。一方ではあれほどに思いつめた気が一ト晩の間にこうも細々《ほそぼそ》しくなってしまう自分の弱い心を悲しみもしたのです――そしてとうとう夜が明けました。想《おも》うに、妻も眠っていなかったらしいのです」

「起きてからは、二人は平常《へいぜい》と変らなかったか？」

「二人は互に全く口をきかずにいました」

「お前は何故、妻から逃げてしまおうとは思わなかったろう？」

「貴方《あなた》は私の望む結果からいえば、それで同じ事だろうと仰有《おつしや》るのですか？」

「そうだ」

「私にとっては大変な相違です」

範はこういうと、裁判官の顔を見て黙ってしまった。裁判官は和《やわら》いだ顔つきをしてただ首肯《うなず》いて見せた。

「――しかしこういう事を考えたという事と、実際殺してやろうと思う事との間にはまだ大きな堀が残っていたのです。その日は朝から私は何となく興奮していました。からだの疲労から来る、いやに弾力のない神経の鋭さがあります。私は凝《じ》っとしていられないような心持から朝から外へ出て、人のいないような所をぶらぶら歩いていました。

私はとにかく、どうかしなければならないという事を繰返し繰返し考えていました。しかし前晩のように殺そうという考はもう浮べはしなかったのです。またその日の演芸についても私は何の心配もしていなかったのです。もしその事を多少でも私が想い浮べたとしたら、多分あの芸は選ばなかったと思います。私どものする芸はまだ他《ほか》にいくらもあったからです。その晩いよいよ私どもの舞台へ出る番が来た。その時すら私はまだそんな事は考えませんでした。私はいつものように、ナイフの切れる事を客へ見せるために紙を截《き》ったり、舞台へそれを突き立てたりして見せました。間もなく厚化粧をした妻が派手な支那服を着て出て来ました。その様子は常と全く変っていません。愛嬌《あいきょう》のある笑を見せて客に挨拶すると厚板の前へ行って直立しました。私も一本のナイフを下げてある距離から妻と真向きに立ちました。前晩から初めてその時二人は眼を見合せたのです。その時漸く私は今日この演芸を選んだ事の危険を感じたのです。私は出来るだけ緊張した気分で仕なければあぶないと思いました。今日の上ずった興奮と弱々しく鋭くなった神経とを出来るだけ鎮《しず》めなければならぬと思ったのです。しかし心まで食い込んでいる疲労はいくら落ちつこうとしてもそれを許しません。その時から私は何となく自分の腕が信じられない気がして来たのです。私はちょっと眼をねむって心を鎮めようと試みました。すると、ふらふらと体の揺《ゆれ》るのを感じました。時は来ました。私はまず最初に頭の上へ一本打ち込みました。ナイフはいつもより一寸《すん》も上へ行ってささりました。次に妻が両手を肩の高さに挙げたその腋《わき》の下に一本ずつ打ちました。ナイフが指の先を離れる時に何かべたつくような、拘泥《こだわ》ったものがちょっと入ります。私にはもう何処へナイフがささるか分らない気がしました。一本ごとに私は(よかった)という気がしました。私は落ちつこう落ちつこうと思いました。しかしそれはかえって意識的になる事から来る不自由さを腕に感ずるばかりです。頸《くび》の左側へ一本打ちました。次に右側へ打とうとすると、妻が急に不思議な表情をしました。発作的に烈しい恐怖を感じたらしいのです。妻はそのナイフがそのままに飛んで来て自身の頸へささる事を予感したのでしょうか？　それはどうか知りません。私はただその恐怖の烈しい表情の自分の心にも同じ強さで反射したのを感じたのでした。私は眼まいがしたような気がしました。が、そのまま力まかせに、殆ど暗闇を眼がけるように的《あて》もなく、手のナイフを打ち込んでしまったのです……」

裁判官は黙っていた。

「とうとう殺したと思いました」

「それはどういうのだ。故意でしたという意味か?」

「そうです。故意でした事のような気が不意にしたのです」

「お前はその後《あと》で、死骸の側《そば》に跪《ひざまず》いて黙禱したそうだな?」

「それはその時、ふと湧いた狡《ずる》い手段だったのです。皆《みんな》は私が真面目にキリスト教を信じていると思っている事を知っていましたから、祈る風をしながら私はこの場に処すべき自分の態度を決めようと考えたのです」

「お前は何処までも自分のした事を故意であると思っていたのだな?」

「そうです、そして直ぐ、これは過殺《かさつ》と見せかける事が出来ると思ったのです」

「しかし全体何がお前にそれを故殺と思わせたのだろう?」

「私の度を失った心です」

「そしてお前は巧みに人々を欺《あざむ》き終《おお》せたと思ったのだな?」

「私は後で考えてぞっとしました。私は出来るだけ自然に驚きもし、多少あわてもし、また悲しんでも見せたのですが、もし一人でも感じの鋭い人が其処《そこ》にいたら、勿論、私の故《わざ》とらしい様子を気づかずにはおかなかったと思います。私は後でその時の自分の様子を思い浮べて冷汗を流しました。——私はその晩どうしても自分は無罪にならなければならぬと決心しました。第一にこの兇行《きょうこう》には何一つ客観的証拠のないという事が非常に心丈夫に感ぜられました。勿論皆《みんな》は二人の平常《ふだん》の不和は知っている、だから私は故殺と疑われる事は仕方がない。しかし自分が何処までも過失だと我《が》を張ってしまえばそれまでだ。平常《ふだん》の不和は人々に推察はさすかも知れないが、それが証拠となる事はあるまい。結局自分は証拠不充分で無罪になると思ったのです。そこで、私は静かに出来事を心に繰返しながら、出来るだけ自然にそれが過失と思えるよう申立ての下拵《したごしら》えを腹でして見たのです。ところがその内、何故、あれを自身故殺と思うのだろうか、という疑問が起って来たのです。前晩殺すという事を考えた、それだけが果して、あれを故殺と自身ででも決める理由になるだろうかと思ったのです。段々に自分ながら分らなくなって来ました。私は急に興奮して来ました。もう凝《じ》っとしていられないほど興奮して来たのです。愉快でならなくなりました。何か大きな声で叫びたいような気がして来ました」

「お前は自分で過失と思えるようになったというのか？」

「いいえ、そうはまだ思えません。ただ自分にもどっちか全く分らなくなったからです。私はもう何《なに》も彼《か》も正直にいって、それで無罪になれると思ったからです。ただ今の私にとっては無罪になろうというのが総てです。その目的のためには、自分を欺いて、過失と我《が》を張るよりは、どっちか分らないといっても、自分に正直でいられる事の方が遥《はるか》に強いと考えたのです。私はもう過失だとは決して断言しません。そのかわり、故意の仕業《しわざ》だと申す事も決してありません。で、私にはもうどんな場合にも自白という事はなくなったと思えたからです」

范は黙ってしまった。裁判官も少時《しばらく》黙っていた。そして独言《ひとりごと》のように、

「大体に於《おい》て嘘はなさそうだ」といった。「ところでお前には妻の死を悲しむ心は少しもないか?」

「全くありません。私はこれまで妻に対してどんな烈しい憎《にくし》みを感じた場合にもこれほど快活な心持で妻の死を話し得る自分を想像した事はありません」

「もうよろしい。引き下ってよし」と裁判官がいった。范は黙って少し頭を下げるとこの室《へや》を出て行った。

裁判官は何かしれぬ興奮の自身に湧き上がるのを感じた。

彼は直ぐペンを取り上げた。そしてその場で「無罪」と書いた。

城《き》の崎《さき》にて

山の手線の電車に跳飛ばされて怪我《けが》をした、その後養生《あとようじょう》に、一人で但馬《たじま》の城崎《きのさき》温泉へ出掛けた。背中の傷が脊椎《せきつい》カリエスになれば致命傷になりかねないが、そんな事はあるまいと医者にいわれた。二、三年で出なければ後は心配はいらない、とにかく要心は肝心だからといわれて、それで来た。三週間以上――我慢出来たら五週間位いたいものだと考えて来た。

頭はまだ何だか明瞭《はっきり》しない。物忘れが烈《はげ》しくなった。しかし気分は近年になく静まって、落ちついたいい気持がしていた。稲の穫入《とりい》れの始まる頃で、気候もよかったのだ。

一人きりで誰も話相手はない。読むか書くか、ぼんやりと部屋の前の椅子《いす》に腰かけて山だの往来だのを見ているか、それでなければ散歩で暮していた。散歩する所は町から小さい流れについて少しずつ登りになった路にいい所があった。山の裾《すそ》を廻っているあたりの小さな潭《ふち》になった所に山女《やまめ》が沢山集っている。そしてなおよく見ると、足に毛の生えた大きな川蟹《かわがに》が石のように凝《じっ》然としているのを見つける事がある。夕方の食事前にはよくこの路を歩いて来た。冷々《ひえびえ》とした夕方、淋しい秋の山峡《さんきょう》を小さい清い流れについて行く時考える事はやはり沈んだ事が多かった。淋しい考《かんがえ》だった。しかしそれには静かないい気持がある。自分はよく怪我の事を考えた。一つ間違えば、今頃は青山《あおやま》の土の下に仰向《あおむ》けになって寝ているところだったなど思う。青い冷たい堅い顔をして、顔の傷も背中の傷もそのままで。祖父や母の死骸が傍《わき》にある。それももうお互に何の交渉もなく、——こんな事が想《おも》い浮ぶ。それは淋しいが、それほどに自分を恐怖させない考だった。何時《いつ》かはそうなる。それが何時か？——今まではそんな事を思って、その「何時か」を知らず知らず遠い先の事にしていた。しかし今は、それが本統に何時か知れないような気がして来た。自分は死ぬはずだったのを助かった、何かが自分を殺さなかった、自分には仕《し》なければならぬ仕事があるのだ、——中学で習ったロード・クライヴという本に、クライヴがそう思う事によって激励される事が書いてあった。実は自分もそういう風に危うかった出来事を感じたかった。そんな気もした。しかし妙に自分の心は静まってしまった。自分の心には、何かしら死に対する親しみが起っていた。

自分の部屋は二階で、隣のない、割に静かな座敷だった。読み書きに疲れるとよく縁の椅子に出た。脇が玄関の屋根で、それが家《いえ》へ接続する所が羽目《はめ》になっている。その羽目の中に蜂の巣があるらしい。虎斑《とらふ》の大きな肥《ふと》った蜂が天気さえよければ、朝から暮近くまで毎日忙《いそが》しそうに働いていた。蜂は羽目のあわいから摩抜《すりぬ》けて出ると、一《ひ》トまず玄関の屋根に下りた。其処《そこ》で羽根や触角を前足や後足《うしろあし》で叮嚀《ていねい》に調《ととの》えると、少し歩きまわる奴もあるが、直《す》ぐ細長い羽根を両方へしっかりと張ってぶーんと飛び立つ。飛立つと急に早くなって飛んで行く。植込みの八つ手の花が丁度《ちょうど》咲きかけで蜂はそれに群っていた。自分は退屈すると、よく欄干から蜂の出入《ではい》りを眺めていた。

ある朝の事、自分は一疋《ぴき》の蜂が玄関の屋根で死んでいるのを見つけた。足を腹の下にぴったりとつけ、触角はだらしなく顔へたれ下がっていた。他《ほか》の蜂は一向《いっこう》に冷淡だった。巣の出入りに忙しくその傍《わき》を這いまわるが全く拘泥《こうでい》する様子はなかった。忙しく立働いている蜂は如何《いか》にも生きている物という感じを与えた。その傍に一疋、朝も昼も夕も、見る度《たび》に一つ所に全く動かずに俯向《うつむ》きに転っているのを見ると、それがまた如何にも死んだものという感じを与えるのだ。それは三日ほどそのままになっていた。それは見ていて、如何にも静かな感じを与えた。淋しかった。他の蜂が皆《みんな》巣へ入ってしまった日暮、冷たい瓦の上に一つ残った死骸を見る事は淋しかった。しかし、それは如何にも静かだった。

夜の間にひどい雨が降った。朝は晴れ、木の葉も地面も屋根も綺麗《きれい》に洗われていた。

蜂の死骸はもう其処になかった。今も巣の蜂どもは元気に働いているが、死んだ蜂は雨《あま》樋《どい》を伝って地面へ流し出された事であろう。足は縮めたまま、触角は顔へこびりついたまま、多分泥にまみれて何処《どこ》かで凝然《じっ》としている事だろう。外界にそれを動かす次の変化が起るまでは死骸は其処に凝然としているだろう。それとも蟻《あり》に曳《ひ》かれて行くか。それにしろ、それは如何にも静かであった。忙《せわ》しく忙しく働いてばかりいた蜂が全く動く事がなくなったのだから静かである。自分はその静かさに親しみを感じた。自分は「范《はん》の犯罪」という短篇小説をその少し前に書いた。范という支那人が過去の出来事だった結婚前《まえ》の妻と自分の友達だった男との関係に対する嫉妬《しっと》から、そして自身の生理的圧迫もそれを助長し、その妻を殺す事を書いた。それは范の気持を主《しゅ》にして書いたが、しかし今は范の妻の気持を主にし、しまいに殺されて墓の下にいる、その静かさを自分は書きたいと思った。

「殺されたる范の妻」を書こうと思った。それはとうとう書かなかったが、自分にはそんな要求が起っていた。その前からかかっている長篇の主人公の考とは、それは大変異《ち》《が》ってしまった気持だったので弱った。

蜂の死骸が流され、自分の眼界から消えて間もない時だった。ある午前、自分は円山《まるやま》川《がわ》、それからそれの流れ出る日本海などの見える東山公園《ひがしやま》へ行くつもりで宿を出た。「一の湯」の前から小川は往来の真中をゆるやかに流れ、円山川へ入る。ある所まで来ると橋だの岸だのに人が立って何か川の中の物を見ながら騒いでいた。それは大きな鼠《ねずみ》を川へなげ込んだのを見ているのだ。鼠は一生懸命に泳いで逃げようとする。鼠には首の所に七寸ばかりの魚串《さかなぐし》が刺し貫《とお》してあった。頭の上に三寸ほど、咽喉《のど》の下に三寸ほどそれが出ている。鼠は石垣へ這上《はいあが》ろうとする。子供が二、三人、四十位の車夫が一人、それへ石を投げる。なかなか当らない。カチッカチッと石垣に当って跳ね返った。見物人は大声で笑った。鼠は石垣の間に漸《よう》く前足をかけた。しかし這入《はい》ろうとすると魚串が直ぐにつかえた。そしてまた水へ落ちる。鼠はどうかして助かろうとしている。顔の表情は人間にわからなかったが動作の表情に、それが一生懸命である事がよくわかった。鼠は何処かへ逃げ込む事が出来れば助かると思っているように、長い串を刺されたまま、また川の真中の方へ泳ぎ出た。子供や車夫は益々《ますます》面白がって石を投げた。傍《わき》の洗場の前で餌を漁《あさ》っていた二、三羽の家鴨《あひる》が石が飛んで来るので吃驚《びっくり》し、首を延ばしてきょろきょろとした。スポッ、スポッと石が水へ投げ込まれた。家鴨は頓狂な顔をして首を延ばしたまま、鳴きながら、忙《せわ》しく足を動かして上流の方へ泳いで行った。自分は鼠の最期《さいご》を見る気がしなかった。鼠が殺されまいと、死ぬに極《きま》った運命を担《にな》いながら、全力を尽して逃げ廻っている様子が妙に頭についた。自分は淋しい嫌《いや》な気持になった。あれが本統なのだと思った。自分が希《ねが》っている静かさの前に、ああいう苦しみのある事は恐ろしい事だ。死後の静寂に親しみを持つにしろ、死に到達するまでのああいう動騒《どうそう》は恐ろしいと思った。自殺を知らない動物はいよいよ死に切るまではあの努力を続けなければならない。今自分にあの鼠のような事が起ったら自分はどうするだろう。自分はやはり鼠と同じような努力をしはしまいか。自分は自分の怪我の場合、それに近い自分になった事を思わないではいられなかった。自分は出来るだけの事をしようとした。自分は自身で病院をきめた。それへ行く方法を指定した。もし医者が留守で、行って直ぐに手術の用意が出来ないと困ると思って電話を先にかけてもらう事などを頼んだ。半分意識を失った状態で、一番大切な事だけによく頭の働いた事は自分でも後から不思議に思った位である。しかもこの傷が致命的なものかどうかは自分の問題だった。しかし、致命的のものかどうかを問題としながら、殆《ほとん》ど死の恐怖に襲われなかったのも自分では不思議であった。「フェータルなものか、どうか？　医者は何といっていた？」こう側《そば》にいた友に訊《き》いた。「フェータルな傷じゃないそうだ」こういわれた。こういわれると自分はしかし急に元気づいた。亢奮《こうふん》から自分は非常に快活になった。フェータルなものだともし聞いたら自分はどうだったろう。その自分はちょっと想像出来ない。自分は弱ったろう。しかし普段考えているほど、死の恐怖に自分は襲われなかったろうという気がする。そしてそういわれてもなお、自分は助かろうと思い、何かしら努力をしたろうという気がする。それは鼠の場合と、そう変らないものだったに相違ない。で、またそれが今来たらどうかと思って見て、なおかつ、余り変らない自分であろうと思うと「あるがまま」で、気分で希《ねが》うところが、そう実際に直ぐは影響はしないものに相違ない、しかも両方が本統で、影響した場合は、それでよく、しない場合でも、それでいいのだと思った。それは仕方のない事だ。

そんな事があって、また暫《しばら》くして、ある夕方、町から小川に沿うて一人段々上へ歩いていった。山陰線の隧道《トンネル》の前で線路を越すと道幅が狭くなって路も急になる、流れも同様に急になって、人家も全く見えなくなった。もう帰ろうと思いながら、あの見える所までという風に角《かど》を一つ一つ先へ先へと歩いて行った。物が総《すべ》て青白く、空気の肌ざわりも冷々として、物静かさがかえって何となく自分をそわそわとさせた。大きな桑の木が路傍《みちばた》にある。彼方《むこう》の、路へ差し出した桑の枝で、ある一つの葉だけがヒラヒラヒラヒラヒラ、同じリズムで動いている。風もなく流れの他は総て静寂の中にその葉だけがいつまでもヒラヒラヒラヒラと忙《せわ》しく動くのが見えた。自分は不思議に思った。多少怖い気もした。しかし好奇心もあった。自分は下へいってそれを暫く見上げていた。すると風が吹いて来た。そうしたらその動く葉は動かなくなった。原因は知れた。何かでこういう場合を自分はもっと知っていたと思った。

段々と薄暗くなって来た。いつまで往《い》っても、先の角はあった。もうここらで引きかえそうと思った。自分は何気なく傍《わき》の流れを見た。向う側の斜めに水から出ている半畳敷ほどの石に黒い小さいものがいた。蠑螈《いもり》だ。まだ濡れていて、それはいい色をしていた。頭を下に傾斜から流れへ臨《のぞ》んで、凝然《じっ》としていた。体から滴《したた》れた水が黒く乾いた石へ一寸《すん》ほど流れている。自分はそれを何気なく、踞《しゃが》んで見ていた。自分は先《せん》ほど蠑螈は嫌いでなくなった。蜥蜴《とかげ》は多少好きだ。屋守《やもり》は虫の中でも最も嫌いだ。蠑螈は好きでも嫌いでもない。十年ほど前によく蘆《あし》の湖《こ》で蠑螈が宿屋の流し水の出る所に集っているのを見て、自分が蠑螈だったら堪《たま》らないという気をよく起した。蠑螈にもし生れ変ったら自分はどうするだろう、そんな事を考えた。その頃蠑螈を見るとそれが想い浮ぶので、蠑螈を見る事を嫌った。しかしもうそんな事を考えなくなっていた。自分は蠑螈を驚かして水へ入れようと思った。不器用にからだを振りながら歩く形が想われた。自分は踞《しゃが》んだまま、傍《わき》の小鞠《こまり》ほどの石を取上げ、それを投げてやった。自分は別に蠑螈を狙わなかった。狙ってもとても当らないほど、狙って投げる事の下手《へた》な自分はそれが当る事などは全く考えなかった。石はコツといってから流れに落ちた。石の音と同時に蠑螈は四寸ほど横へ跳んだように見えた。蠑螈は尻尾《しっぽ》を反《そ》らし、高く上げた。自分はどうしたのかしら、と思って見ていた。最初石が当ったとは思わなかった。蠑螈の反らした尾が自然に静かに下りて来た。すると肘《ひじ》を張ったようにして傾斜に堪えて、前へついていた両の前足の指が内へまくれ込むと、蠑螈は力なく前へのめってしまった。尾は全く石についた。もう動かない。蠑螈は死んでしまった。自分は飛んだ事をしたと思った。虫を殺す事をよくする自分であるが、その気が全くないのに殺してしまったのは自分に妙な嫌《いや》な気をさした。もとより自分の仕た事ではあったが如何にも偶然だった。蠑螈にとっては全く不意な死であった。自分は暫く其処に踞《しゃが》んでいた。蠑螈と自分だけになったような心持がして蠑螈の身に自分がなってその心持を感じた。可哀想《かわいそう》に想うと同時に、生き物の淋しさを一緒に感じた。自分は偶然に死ななかった。蠑螈は偶然に死んだ。自分は淋しい気持になって、漸く足元の見える路を温泉宿の方に帰って来た。遠く町端《まちはず》れの灯《ひ》が見え出した。死んだ蜂はどうなったか。その後《ご》の雨でもう土の下に入ってしまったろう。あの鼠はどうしたろう。海へ流されて、今頃はその水ぶくれのした体を塵芥《ごみ》と一緒に海岸へでも打ちあげられている事だろう。そして死ななかった自分は今こうして歩いている。そう思った。自分はそれに対し、感謝しなければ済まぬような気もした。しかし実際喜びの感じは湧き上っては来なかった。生きている事と死んでしまっている事と、それは両極ではなかった。それほどに差はないような気がした。もうかなり暗かった。視覚は遠い灯《ひ》を感ずるだけだった。足の踏む感覚も視覚を離れて、如何にも不確《ふたしか》だった。ただ頭だけが勝手に働く。それが一層そういう気分に自分を誘って行った。

三週間いて、自分は此処《ここ》を去った。それから、もう三年以上になる。自分は脊椎カリエスになるだけは助かった。

好人物の夫婦

一

深い秋の静かな晩だった。沼の上を雁《がん》が啼《な》いて通る。細君は食台《ちゃぶだい》の上の洋燈《ランプ》を端の方に引き寄せてその下で針仕事をしている。良人《おっと》はその傍《そば》に長々と仰向《あおむ》けに寝ころんで、ぼんやりと天井を眺めていた。二人は永い間黙っていた。

「もう何時？」と細君が下を向いたままいった。時計は細君の頭の上の柱に懸っている。

「十二時十五分前だ」

「お寝《やす》みに致しましょうか」細君はやはり下を向いたままいった。

「もう少しして」と良人が答えた。

二人はまた少時《しばらく》黙った。

細君は良人が余り静かなので、漸《ようや》く顔を挙げた。そして縫《ぬ》った糸を扱《しご》きながら、

「一体何していらっしゃるの？　そんな大きな眼をして……」といった。

「考えているんだ」

「お考え事なの？」

また二人は黙った。細君は仕事がある切りまで来ると、糸を断《き》り、針を針差しに差して仕事を片付け始めた。

「オイ俺は旅行するよ」

「何いっていらっしゃるの？　考え事だなんて今までそんな事を考えていらしたの」

「そうさ」

「幾日位行っていらっしゃるの？」

「半月と一ト月の間だ」

「そんなに永く？」

「うん。上方《かみがた》から九州、それから朝鮮の金剛山あたりまで行くかも知れない」

「そんなに永いの、いや」

「いやだって仕方がない」

「旅行おしんなってもいいんだけど、――いやな事をおしんなっちゃあいやよ」

「そりゃあ請《う》け合わない」

「そんならいいや。旅行だけならいいんですけれど、自家《うち》で淋しい気をしながらお待ちしているのに貴方《あなた》が何処《どこ》かで今頃そんな……」こういいかけて細君は急に、「もう、いやいや」と烈《はげ》しくその言葉をほうり出してしまった。

「馬鹿」良人は意地悪な眼つきをして細君を見た。細君も少しうらめしそうな眼でそれを見返した。

「貴方がそんな事をしないとはっきりいって下されば少し位淋しくてもこの間から旅行はしたがっていらしたんだから我慢してお留守しているんですけど」

「きっとそんな事を仕《し》ようというんじゃないよ。仕ないかも知れない。そんなら多分しない。なるべくそうする。――しかし必ずしも仕なくないかも知れない」

「そら御覧なさい。何いってらっしゃるの。いやな方ね」

良人は笑った。

「仕ないとはっきり仰有《おつしや》い」

「どうだか自分でもわからない」

「わからなければいけません」

「いけなくても出掛ける」

細君はもうそれには応じなかった。そして「貴方が仕ないとはっきり仰有って下されば安心してお待ちしているんだけど……男の方って何故《なぜ》そうなの？」といった。

「男が皆《みんな》そうじゃないさ」

「皆そうよ。そうにきまってるわ。貴方でもそうなんですもの」

「そんな事はないさ、俺でも八年前まではそうじゃなかったもの」

「じゃあ、何故今はそうじゃなくおなりになれないの？」

「今か。今は前と異《ちが》ってしまったんだ。今でもいいとは思っていないよ。しかし前ほど非常に悪いという気がしなくなったんだ」

「非常に悪いわ」細君はある興奮からさえぎるようにいった。「私にとっては非常に悪いわ」

その調子には、良人の怠けた気持を細君のその気持へぐいと引き寄せるだけの力がこもっていた。

「うん、そりゃそうだ」良人はその時、腹からそれに賛成してしまった。

「そりゃそうだって、そんならはっきりそんな事仕ないっていって下さるの？」

「うう？　断言するのか？　そりゃちょっと待ってくれ」

「そんな事を仰有っちゃあ、もう駄目」

「よし、もう旅行はやめた」

「まあ！」

「まあでも何でも旅行はもうよす」

「そんなに仰有らなくていいのよ。御旅行遊ばせよ。いいわ、多分仕ないっていって下すったんですもの。私が何かいっておやめさせしちゃあ悪いわ。おいで遊ばせよ。上《かみ》方《がた》なら大阪のお祖母《ばあ》さんの所へ行っていらっしゃればいいわ。お祖母さんに貴方の監督をお頼みしておくわ」

「旅行はよすよ。お前のお祖母さんの所へ泊っていてもつまらないし、第一行くとすると上方だけじゃないもの」

「悪かったわ。折角《せっかく》思い立ちになったんだからおいで遊ばせ。そうして頂戴《ちょうだい》」

「うるさい奴だな、もうやめると決めたんだ」

「……赤城《あかぎ》にいらっしゃらない？　赤城なら私本統に何とも思いませんわ。紅葉《こうよう》はもう過ぎたでしょうか」

「うるさい。もうよせ」

「お怒りになったの？」

「怒ったんじゃない」

細君は良人はやはり怒っているんだと思った。そして何かいうとなお怒らしそうなので黙る事にした。しかし良人は少しも怒ってはいなかった。その時は実は旅行も少し億《おっ》劫《くう》な気持になっていた。

「それはそうと大阪のお祖母さんのお加減はこの頃どうなんだ。お見舞を時々出すか」

「今朝《けさ》も出しました。また例《いつも》のですから、そう心配はないと思いますの」

「八十おいくつだ？」

「八十四」

細君は針箱や、たたんだ仕立かけなどを持って隣室へ起《た》って行った。そして今度は良人の寝間着を持って入って来た。良人は起《お》き上って裸になった。細君は後《うしろ》から寝間着を着せかけながら、こういった。

「何だか段々嫉妬《やきもち》が烈しくなるようよ。京都でお仙《せん》が来た時、貴方だけ残して出掛けて行った事なんか今考えると不思議なようですわ」

「あれは安心して出掛けて行ったお前の方がよほど利口だった。お前が出掛けて行ったらなお話も何《なん》にも無くなって閉口した」

「ですけど、今は到底そんな事、出来ませんわ」

「俺がそんな不安心な人間に見えるかね」

「いいえ、貴方がそうだというんでもないのよ」

「そんなら先方《むこう》が危いというのか」

「それもありますわ」

「慾目だね、俺は余り女に好かれる方じゃないよ」

「でも御旅行だとどうだか知れないんじゃありませんか」

良人はちょっと不快《いや》な顔をした。

「それとはまた異《ちが》う話をしているんだ、馬鹿」

「何故?」

「もうよそう。その話は止《やめ》だ」

二

翌朝《よくあさ》大阪から良人宛《あて》の手紙が来た。朝寝坊な良人はまだ眠っていた。名は書いてなくても、自分宛にもなっていると思うと、勝手によく開封する細君はその手紙も直《す》ぐ開封した。

それを書いたのは他《た》へ縁付いている細君の一番上の姉で、祖母の病気が今度はどうも面白くないと書いてあった。祖母は貴方にお気の毒だから妹は呼ばなくていいと申しますが、会いたい事の山々なのは他目《よそめ》にも明《あき》らかで、昔気質《むかしかたぎ》でそうといえないところがなお可哀想《かわいそう》ですと書いてあった。都合出来たらどうか二、三日でいいから妹を寄越《よこ》して頂きたい。私どもと異《ちが》って妹は赤ん坊の時から殆《ほとん》ど祖母の手だけで育った児《こ》ですから、それが会わずにもし眼をねむる事でもあると祖母や妹は勿論《もちろん》私どもにも甚《はなは》だ心残りの事となります。こんな事が書いてあった。

「また姉さんが余計な事まで書いて……」こう思いながらなお細君の眼からはポタポタと涙が手紙の上に落ちて来た。

寝室の方で、

「おい。おい」と良人の呼ぶ声がした。

細君は湯殿《ゆどの》へ行き、泣きはらした眼をちょっと水で冷してからその手紙と、それからその日の新聞を持って寝室へ入って行った。

「お祖母《ばあ》さんが少しお悪いらしいのよ」仰向きになって夜着《よぎ》の上に両手を出している良人に新聞と一緒にそれを手渡しながらいった。

良人は細君の赤い眼を見た。それからその手紙を読んだ。

「直《す》ぐ行くといい」

「そう？　行くなら早い方がいいかも知れませんわね」

「そうだよ。東京を今夜の急行で出掛けられるように早速《さっそく》支度をするといい」

「そんならそうしましょうか。早く行って早く帰って来る方がいいわ。同じ事ですもの」

「早く帰る必要はないから、ゆっくり看護をして上げるといいよ」

「そりゃきっとお祖母さんの方で早く帰れ帰れって仰有《おつしや》ってよ。顔を見ればいいんだから早く帰っておくれって、きっとそう仰有ってよ。私《わたし》もいやだわ、そんなに永く自家《うち》を空けるのは」

「よくなられるようなら、それでいいが、万一そうでなかったら、なるべく永くいて上げなくちゃいけない。お前とお祖母さんとは特別な関係なんだから」

「そう？　ありがとう」こういっている内に細君の眼からはまた涙が流れて来た。

「お前はよほど気持をしっかり持ってないと駄目だよ。看護して上げるうえにも自分の感情に負けないように気を張ってないと駄目だよ」

「でも、なるべく早く帰りますわ。自家《うち》の事も心配ですもの」

良人は細君のいう意味がそんな事でないのを知りながら、つい口から出るままに、

「俺も品行方正にしているからね」と笑談《じようだん》らしくいった。

「そりゃあ安心していますわ」と涙を拭きながら細君も笑顔をした。「けど、そう仰有って下されば なお嬉《うれ》しいわ」

細君はそこそこに支度をして出発《たつ》て行った。

細君からは手紙が度々《たびたび》来た。祖母のは肺気腫《はいきしゆ》という病気だった。風邪から段々進んで来たものである。痰《たん》が肺へ溜《たま》るために呼吸する場所が狭くなる。そしてその痰を出すためにせく。せいてもせいても中々《なかなか》痰が出ないと呼吸が出来なくなって非常な苦しみ方をする。見ていられない。病気そのものはそれほど危険ではないが、その苦しみのために段々衰弱する。それが心配だと書いて来た。しかし何しろ気の勝った人の事で、気で病気に抵抗しているのが——残酷な気のする事もあるが——嬉しいと書いて来た。

細君は中々帰れなかった。祖母の病気はよくも悪くもならなかった。それは実際気で持っているらしかった。

細君が行って四週間ほどして良人も其処《そこ》へ出掛けて行った。しかしその頃から祖母は

いくらかずついい方へ向った。気丈《きじよう》は遂《つい》に病気に勝った。良人は十日ほどいて妻と一緒に帰って来た。それは大晦日《おおみそか》に間もない頃だった。

祖母はそれからも二ヶ月余り床《とこ》を離れる事は出来なかった。しかし三月初めのある日、夫婦は小包郵便で大阪からの床あげの祝物を受け取った。

三

それは春の春らしい長閑《のどか》な日の午前だった。良人は四、五日前から巣についている鶏に卵を抱かしてやろうと思って、巣函《すばこ》の藁《わら》をとり更《か》えていると、ふと妙な吐気《はきけ》の声を聴いた。滝《たき》だ。女中部屋の窓から顔を出して頻《しき》りに何か吐こうとしている。吐こうとするが何も出ないのでただ生唾《なまつば》を吐き捨てていた。

彼は籾殻《もみがら》を敷いた菓子折から叮嚀《ていねい》に卵を一つ一つ巣函へ移していた。そしてああいう吐気の声は前にも一度聴いた事があると考えた。父の家《うち》にいた頃、門番のかみさんがよくああいう声を出していたと思った。彼はその時それを母に話すと、母は「赤ん坊が出来たので悪阻《つわり》でそんな声を出すんだろうよ」といった。母のいうようにそれは実際妊娠だった。

彼はそれを憶《おも》い出して、滝のも妊娠かなと思った。――彼は翌日もその声を聴いた。それからその翌日も聴いた。

四

滝のが妊娠だとすると、これはまず自分が疑われる、と良人は考えた。何しろ過去が過去だし、それに独身時代ではあったにしろ、女中とのそういう事も一度ならずあったし、また現在にしろ、それを細君に疑われた場合、「飛んでもない」と驚いたり怒ったりするのは我ながら少し空々しい自分だと考えた。これは恥ずべき事に違いないと彼は思った。

彼は結婚した時からそういう事には自信がなかった。彼はそれを細君にいった。一人で外国へ行った場合とか、一ト月あるいは二タ月位の旅行をする場合とか、といった。その時は細君もある程度に認めるような返事をしていた。

それからも良人はその危険性の自分にある事を半分笑談《じょうだん》にしていった。またある時は既にそれを冒《おか》しているようにもいった。そして後《あと》のをいう場合には知らず知らず意地悪い厭《いや》がらせをいう調子でいっていた。これは狡《ずる》い事だ。その場合、彼では打ち明ける事が主《しゅ》であった。しかし聴く者には厭がらせが主であると解《と》れるように彼はいっていた。聴く者にとって厭がらせを主として感ずれば、それだけいわれた事実は多少半信半疑の事がらになる。良人は故意でそうするのではなかった。知らず知らずにそんな調子になるのだ。もっとも細君もそれを露骨に打ち明けられる事は恐れていた。自身でもそれをいっていた。そして最初ある程度に認めるようにいっていた細君も何時《いつ》となしに、それは認めないというようになった。

滝のが結果から、あるいは医者の診察から、もし細君の留守中に起った事という事になればそれはなお厄介《やっかい》な事だと良人は思った。しかし実際は疑われても仕方がない。事実にそういう事はなかったにしろ、そういう気を全く起さなかったとはいえないからと思った。

彼は滝を嫌《きらい》ではなかった。それは細君の留守中の事ではあったが、例えば狭い廊下で偶然出会頭《であいがしら》に滝と衝突しかける事がある。そして両方でちょっとまごついて危《あやう》く身をかわし、漸くすり抜けて行き過ぎるような場合がある。そういう時彼は胸でドキドキと血の動くのを感ずる事があった。それは不思議な悩《なやま》しい快感であった。それが彼の胸を通り抜けて行く時、彼は興奮に似た何ものかで自分の顔の紅《あか》くなるのを感じた。それは咄嗟《とっさ》に来た。彼にはそれを道義的に批判する余裕はなかった。それほど不意に来て不意に通り抜けて行く。が、これはまだよかった。

しかしそうでない場合、例えば夜《よる》座敷で本を見ているような場合、あるいは既に寝室にいるような場合、そこに家《うち》の習慣に従って滝が寝る前の「御機嫌よう」をいいに来る。すると、彼は毎時《いつも》のようにただ「うん」と答えるだけでは何か物足りない気のする事がよくあった。彼は現在廊下を帰りつつある滝を追って行くある気持の自身にある事を感ずる事がよくあった。彼はそれを余りに明かに感ずる時、何かしら用をいいつける。「ちょっと書斎からペンを取って来てくれ」とかあるいは「少し寒いから上へ毛布を掛けてくれ」とかいう。いいながら底意《そこい》のために自分ながら、それが不自然に聴えて困った。彼は自分の底意を滝に見抜かれていると思う事もよくあった。しかしこんなにも考えた。滝は自分の底意を見抜いている。そしてそれに気味悪さを感じている。しかし気味悪がりながらなおその冒険にある快感を感じている――彼は実際そんな気がした。彼は自身と共通な気持が滝にもその場合起っていると思った。そして全体滝はまだ処女かしら？　それとも、――こんな考《かんがえ》の頭をもたげる事もあった。

細君が大阪へ出発《たっ》てからは必要からも滝はもっとの用を彼のためにしなければならな

かった。滝はそれを忠実にした。彼の底意が見られたと彼が思ってからも滝の忠実さは少しも変らなかった。それはなお忠実になったような気が彼にはした。しかもその忠実さは淫奔女《いたずら》の親切ではないと彼は思った。――けれどもとにかく、それは淡い放蕩《ほうとう》には違いなかった。

そう思って、彼は前の咄嗟に彼の胸を通り抜けて行く悩しい快感の場合を考えた。しかし、それを放蕩という気はしなかった。根本で二つは変りなかった。――しかしやはりそれを同じにいう事は出来ないと思った。

滝は十八位だった。色は少し黒い方だが可愛《かわい》い顔だと彼は思っていた。それよりも彼は滝の声音《せいおん》の色を愛した。それは女としては太いが、丸味のある柔かい、いい感じがした。

彼はしかし滝に恋するような気持は持っていなかった。もし彼に細君がなかったらそれはあるいはもっと進んだかも知れない。しかし彼には家庭の調子を乱したくない気が知らず知らずの間《あいだ》に働いていた。そしてそれを越えるまでの誘惑を彼は滝に感じなかった。あるいは感じないように自身を不知掌理《いっかしょうり》していたのかも知れない。そういう事もある程度までは出来るものだと彼は思っている。

五

良人はこれはやはり自分からいい出さなければいけないと思った。そう思えばこの四、五日細君は何だか元気がなくなっている。しかしまだ児を生んだ事のない細君が悪阻《つわり》を知っているかしら？　そう良人は思った。とにかく、元気のない理由がそれなら早くいってやらなければ可哀想《かわいそう》だと思った。それに滝の方も田舎《いなか》によくあるもし不自然な真似《まね》でもする事があっては大変だと思った。そして一体相手は誰かしらと考えた。それはちょっと見当《けんとう》が付かなかった。何しろ自分たちが余り不愉快を感じない人間であってくれればいいがと思った。彼は淡い嫉妬《しっと》を感じていたが、それは自身を不愉快にする程度のものではなかった。

良人は細君が大概それを素直に受け入れるだろうと思った。しかしもし素直に受け入れなかったら困ると思った。その場合自分には到底むきになって弁解する事は出来まいと思った。弁解する場合その誤解を不当だという気がこっちになければそうむきになれるものではない。しかも疑われれば誤解だが、自分の持った気持まで立入られればそれは必ずしも誤解とはいえないのだから、と思った。

とにかく、このままにしておいては不可《いけ》ない。彼はそう思って、書斎を出て行った。

細君は座敷の次の間《ま》に坐って滝が物干から取り込んでおいた襦袢《じゅばん》だの、タオルだの、シーツだのを畳んでいた。細君は良人が行っても何故か顔を挙げなかった。

「おい」と良人は割に気軽に声を掛けた。

「何?」細君は艶《つや》のない声で物憂《ものう》そうな眼を挙げた。

「そんな元気のない顔をしてどうしたんだ」

「別にどうもしませんわ」

「どうもしなければいいが……お前は滝が時々吐くような変な声を出しているのを気がついているか?」

「ええ」そういった時細君の物憂そうな眼がちょっと光ったように良人は思った。

「どうしたんだ」

「お医者さんに診《み》てもらったらいいだろうっていうんですけど、中々出掛けませんわ」

「全体何《なん》の病気なんだ」

「解りませんわ」細君はちょっと不愉快な顔をして眼を落してしまった。

「お前は知ってるね」良人は追いかけるようにいった。

細君は下を向いたまま、返事をしなかった。良人は続けた。

「知ってるならなおいい。しかしそれは俺じゃないよ」

細君は驚いたように顔を挙げた。良人は今度は明《あきら》かに細君の眼の光ったのを見た。そして見ている内に細君の胸は浪打《なみう》って来た。

「俺はそういう事を仕兼《しか》ねない人間だが、今度の場合、それは俺じゃあない」

細君は立っている良人の眼を凝《じ》っと見つめていたが、更にその眼を中段の的《あて》もない遠い所へやって、黙っている。

「おい」と良人は促すように強くいった。

細君は唇を震わしていたが、漸く、

「ありがとう」というとその大きく開いていた眼からは涙が止途《とめど》なく流れて来た。

「よしよし。もうそれでいい」良人は坐ってその膝に細君を抱《だ》くようにした。彼は実際しなかったにしろ、それに近い気持を持った事を今更に心に恥じた。しかし今はそれを打明ける時ではないと思った。

「それを伺《うかが》えば私にはもう何《なん》にもいう事はございませんわ。貴方が何時それをいって下さるか待っていたの」細君は泣きながらいった。

「お前はやっぱり疑っていたのか」

「いいえ、信じていましたわ。でも、こっちから伺うのは可恐《こわ》かったの」

「それ見ろ、やっぱり疑っていたんだ」

「いいえ、本統に信じていたの」

「嘘つけ、そう信じれば、それが本統になってくれるような気がしたんだろう。ともかくそれでいい、お前は中々利口だ。お前は素直に受け入れてくれるだろうとは思っていたが、もし素直に受け入れなければ俺は疑われても仕方がないと思っていたのだ。しかし素直に信じてくれたので大変よかった。疑い出せば、疑う種はいくらでも出て来るだろうし、そのために両方で不愉快な思いをしなければならないところだった。俺は明かな嘘はいわないつもりだ。笑談《じょうだん》や厭がらせをいう時、かえって嘘に近い事を知らずにいうかも知れないが、断言的に嘘はいわないつもりだ……」

「もう仰有らないでおいて頂戴。よく解ってます」細君は妙な興奮から苛々《いらいら》した調子で良人の言葉を遮《さえぎ》った。

良人は苦笑しながらちょっと黙った。

「しかしあとはどうする」

「あとの事なんか、今いわないで……。滝が好きならその男と一緒にするようにしてやればいいじゃありませんか」

「そう簡単に行くものか」

「まあそれは後にして頂戴っていうのに……。もういや。そんな他《ほか》の話はどうでもいいじゃありませんか」

「他の話じゃない」

「もういいのよ。……貴方もこれからそんな事で私に心配を掛けちゃあ、いやですよ」

細君は濡れた眼をすえて良人を睨《にら》んだ。

「よしよし。解ったらもうそれでいい。また無闇《むやみ》と興奮すると後で困るぞ」

「何故もっと早くいって下さらなかったの？　いやな方ね、人の気も知らずに」

「全体お前は悪阻《つわり》という事を知っているのか」

「その位知っていますわ。清《きよし》さんの生れる時に姉さんの悪阻は随分ひどかったんですもの」

「知ってるのか」

「そりゃあ知ってますわ、それより貴方の知っていらっしゃる方がよっぽど可笑《おか》しいわ。男の癖に」

「俺は知ってる訳《わけ》があるんだ」

「またそんないやな事を仰有る《おつしゃ》」

「お前は滝のは何時頃から気がついたんだ」

「もう四、五日前からよ」

「俺は一昨日《おととい》からだ。その間お前はよく黙っていられたな。やっぱり疑っていたんだな」

「貴方こそ、よく三日も黙っていらしたのね」

そんな事をいいながら、細君は身体《からだ》をブルブル震わしていた。

「どうしたんだ」良人は手を延ばして今は対座している細君の肩へ触ってみた。

「何だか妙に震えて困るわ」こういいながら細君は頤《あご》を引いて自分の胸から肩の辺《へん》を見廻した。

「興奮したんだ。馬鹿な奴だな」

「本統にどうしたんでしょう。どうしても止まらないわ」

「寝るといい。此処《ここ》でいいから暫《しばら》く静かに横になってて御覧」

「お湯を飲んで見ましょう」そういって細君は起《た》って茶の間へ行った。そして戸棚から湯呑みを出しながら、

「滝には出来るだけの事をしてやりましょうね」といった。

「うん。それがいい。それはお前に任せるからね。そしていうなら早い方がいいよ。そんな事もあるまいが、不自然な事でもすると取り返しが附かないからね」

「本統にそうね。明日《あした》早速お医者さんに診せましょう。――まあ、どうしたの？　まだ止まらないわ」こういまいましそうにいいながら細君は長火鉢の鉄瓶《てつびん》から湯を注《つ》いだ。そしてそれを口へ持って行こうとするとその手は可笑《おか》しいほどブルブル震えた。

流行感冒

上

最初の児《こ》が死んだので、私たちには妙に臆病が浸込《しみこ》んだ。健全に育つのが当然で、死ぬのは例外だという前からの考《かんがえ》は変らないが、ちょっと病気をされても私は直《す》ぐ死にはしまいかという不安に襲われた。それで医学の力は知れたものだといいいいやはり直ぐ医者を頼りにした。自分でも恥かしい気のする事があった。田舎《いなか》だから四囲の生活との釣合い上でも子供を余りに大事にするのは眼立ってよくなかった。

百姓家の洟《はな》を垂《た》らした男の児が私の左枝子《さえこ》よりももっと幼い児をおぶって、秋雨のしとしとと降る夕方などに、よく傘もささずに自家《うち》の裏山に初茸《はつたけ》を探しに来る事がある。項《うなじ》を直角に、仰向《あおむ》いて眠っている赤児の顔は濡れ放題だ。そして平気でいつまでもいつまでもうろついている。それらを見る時ちょっと変な気がする。乱暴過ぎると眉を顰《ひそ》めるような気持にもなるが、どっちが本統か知れないという気にもなる。自分たちのやり方が案外利口馬鹿なのだとも思えて来る。しかし、こう思う事で子供に対する私の神経質な注意は実は少しも変らなかった。

「去年はああ癖をつけてしまったから仕方がありませんが、この秋からは余《あん》り《ま》厚着をさせないように慣らさないといけませんよ」夏の内、こんな事を妻はよくいった。私もそれは賛成だったが、段々涼しくなるにつれて、いつか前年通りの厚着癖をつけさしてしまった。そして私は、

「一体お前は寒がらない性《たち》だからね。自分の体で人まで推《お》すと間違うよ」などといった。

「お父様はまた、人一倍お寒がりなんですもの……」夏頃頻《しき》りにいっていた割には妻もたわいなく厚着を認めてしまった。

ある時長い旅行から帰って来た友達の細君が、「○○さんが左枝ちゃんを大事になさる評判は日本中《にっぽんじゅう》に弘《ひろ》まっていましたわ」といって笑った。友達の細君は行く先々の親類、知人の家《うち》でその話を聴いたというのだ。それは大袈裟《おおげさ》だが、人々が私のそれを話し合って笑っているような気のする事はよくあった。しかしそれは私にとって別に悪くはなかった。私たちが左枝子の健康に絶えず神経質である事を知っていてもらえば、人も自然、左枝子には神経質になってくれそうに思えたからだ。例えば私たちのいない所である人が左枝子に何か食わそうとする。ところがその人は直ぐちょっと考えてくれる。私たちならどうするかと考えてくれる。で、結局無事を願って食わすのをやめてくれるかも知

れない。そうあって私は欲しいのだ。殊《こと》に田舎にいると、その点を厳格にしないと危険であった。田舎者は好意から、赤児に食わしてならぬ物でも、食わしたがるからである。

私の生れる半年《はんとし》ほど前に三つで死んだ兄がある。祖母にいわせると、それは利巧者だったそうだが、守《もり》が、使いの出先で何か食わせたのが原因で、腹をこわし、死んでしまった。左枝子にそんな事があっては困る。それ故、私は自分の神経質を笑われるような場合にも少しも隠そうとは思わなかった。

流行性の感冒が我孫子《あびこ》の町にもはやって来た。私はそれをどうかして自家《うち》に入れないようにしたいと考えた。その前、町の医者が、近く催《もよお》される小学校の運動会に左枝子を連れて来る事を妻に勧《すす》めていた。しかしその頃は感冒がはやり出していたから、私は運動会へは誰もやらぬ事にした。実際運動会で大分病人が多くなったという噂《うわさ》を聴いた。私はそれでも時々東京に出た。そして可恐可恐《こわごわ》自動電話をかけたりした。しかし幸《さいわい》に自家《うち》の者は誰も冒《おか》されなかった。隣まで来ていて何事もなかった。女中を町へ使《つかい》にやるような場合にも私たちはぐずぐず店先で話し込んだりせぬようにと喧《やかま》しくいった。女中たちも衛生思想からではなしに、我々の騒ぎ方に釣り込まれて、恐ろしがっている風だった。とにかく可恐がっていてくれれば私は満足だった。

我孫子では毎年《まいとし》十月中旬に町の青年会の催しで旅役者の一行を呼び、元の小学校の校庭に小屋掛をして芝居興行をした。夜芝居《よしばい》で二日の興行であった。私の家《うち》でも毎年その日は女中たちをやっていた。しかし今年だけは特別に禁じて、その代り感冒《かぜ》でもなくなったら東京の芝居を見せてやろうというような事を私は妻と話していた。

「こんな日に芝居でも見に行ったら、誰でもきっと風邪《かぜ》をひくわねえ」庭の井戸で洗濯をしていた石《いし》が縁を掃いているきみに大きい声でこんな事をいっていたそうだ。妻から聞いた。見す見す病人をふやすに決った、そんな興行を何故《なぜ》中止しないのだろうと思った。

私は夕方何かの用でちょっと町へいった。薄い板に市川某《いちかわなにがし》、尾上某《おのえなにがし》と書いた庵看板《いおりかんばん》が旧小学校の前に出してあった。小屋は舞台だけに幕の天井があって見物席の方は野天《のてん》で、下は藁《わら》むしろ一枚であった。余り聞いた事もない土地から贈られた雨ざらしの幟《のぼり》が四、五本建っていた。こういえば総《すべ》てが見窄《みすぼら》しいようであるが、若い男や若い女たちが何となく亢奮《こうふん》して忙《せわ》しそうに働いているところは中々《なかなか》景気がよかった。沼向うからでも来たらしい、いい着物を着た娘たちが所々にかたまって場の開《あ》くのを待っていた。

帰って来る途《みち》、鎮守神《ちんじゅがみ》の前で五、六人の芝居見に行く婆さん連中《れんじゅう》に会った。申し合せたように手織木綿のふくふくした半纏《はんてん》を着て、提灯《ちょうちん》と弁当を持って大きい声で何か話しながら来る。ある者は竹の皮に包んだ弁当をむき出しに大事そうに持っていた。皆《みんな》の眼中には流行感冒などあるとは思えなかった。私は帰ってこれを妻に話して「明後日《あさって》あたりからきっと病人がふえるよ」といった。

その晩八時頃まで茶の間で雑談して、それから風呂に入った。前晩はその頃はもう眠っていたが、その晩は風呂も少し晩《おそ》くなっていた。

二人が済んだ時に、

「空《あ》いたよ。余《あんま》りあつくないから直ぐ入るといいよ」妻は台所の入口から女中部屋の方へそう声をかけた。

「はい」ときみが答えた。

「石はどうした。いるか?」私は茶の間に坐ったまま訊《き》いてみた。

「石もいるだろう?」と妻が取り次いでいった。

「ちょっと元右衛門《もとえもん》の所へ行きました」

「何しにいった」私は大きい声で訊いた。これは怪しいと思ったのだ。

「薪《まき》を頼みに参りました」

「もう薪がないのかい？……また何故夜なんか行ったんだろう。明るい内、いくらも暇があったのに」と妻もいった。

きみは黙っていた。

「そりゃいけない」と私は妻にいった。「そりゃお前、元右衛門の家《うち》へ行ったところで、二人とも芝居に行って留守に決ってるじゃないか。石はきっと芝居へ行ったんだ。夫婦ともいなかったから、それを頼みに出先へ行ったといって芝居を見に行ったんだ」

「でも、今日石は何かいってたねえ、きみ。ほら洗濯している時。まさかそんな事はないと思いますわ」

「いや、それは分らない。きみ、お前直ぐ元右衛門の所へいって石を呼んでおいで」

「でも、まさか」と妻は繰り返した。

「薪がないって、今いったって、あしたの朝いったって同じじゃないか。あしたの朝焚《た》くだけの薪もないのか？」

「それ位あります」きみは恐る恐る答えた。

「何しろ直ぐお前、迎えにいっておいで」こう命じて、私は不機嫌な顔をしていた。

「貴方《あなた》があれほどいっていらっしゃるのをよく知っているんですもの、いくらなんでも……」

そんな事をいって妻も茶の間に入って来た。

二人は黙っていた。女中部屋で何かごとごといわしていたが、その内静かになったので、私は、

「きみはきっと弱っているよ。元右衛門の所にいない事を知っているらしいもの。いれば直ぐ帰って来るが、直ぐでないと芝居へ行っていたんだ。何しろ馬鹿だ。どっちにしろ馬鹿だ。行けば大馬鹿だし。行かないにしても疑われるにきまった事をしているのだからね。順序が決り過ぎている。行ったらいなかったから、それをいいに行ったという心算《つもり》なんだ」

妻は耳を敧《そばだ》てていたが、

「きみは行きませんわ」といった。

「呼んで御覧」

「きみ。きみ」と妻が呼んだ。

「はい」

「行かなかったのかい。……行かなかったら、早く御風呂《おふろ》へ入るがいいよ」

「はい」きみは元気のない声で答えた。

「きっともう帰って参りますよ」妻はしきりに善意にとっていた。

「帰るかも知れないが、何しろあいつはいかん奴だ。もしそんなうまい事を前にいっておきながら行ったなら、出してしまえ。その方がいい」

私たち二人は起きていようといったのではなかったが、もう帰るだろうという気をしながら茶の間で起きていた。私は本を見て、妻は左枝子のおでんちを縫《ぬ》っていた。そして十二時近くなったが、石は帰って来なかった。

「行ったに決ってるじゃないか」

「今まで帰らないところを見ると本統に行ったんでしょうね。本統に憎らしいわ、あんなうまい事をいって」

私は前日東京へ行っていたのと、少し風邪気《かぜけ》だったので、万一を思い、自分だけ裏の六畳に床をとらしておいた。丁度《ちょうど》左枝子が眼をさまして泣き出したので、妻は八畳の方に、私は裏の六畳の方へ入った。私は一時頃まで本を見て、それからランプを消した。間もなく飼犬がけたたましく吠えた。しかし直ぐ止《や》めた。石が帰ったなと思った。戸の開《あ》く音がするかと思ったが、そんな音は聞えなかった。

翌朝《よくあさ》眼をさますと私は寝たまま早速《さっそく》妻を呼んだ。

「石はなんていっている」

「芝居へは行かなかったんですって。元右衛門のおかみさんも風邪をひいて寝ていて、それから石の兄さんが丁度来たもんで、つい話し込んでしまったんですって」

「そんな事があるものか。第一元右衛門のかみさんが風邪をひいているなら其処《そこ》にいるのだっていけない。石を呼んでくれ」

「本統に行かないらしいのよ。風邪が可恐《こわ》いからといって兄さんにも止《や》めさせたんですって。兄さんも芝居見に出て来たんですの」

「石。石」私は自分で呼んだ。石が来た。妻は入れ代って彼方《むこう》へ行ってしまった。

「芝居へ行かなかったのか？」

「芝居には参りません」いやに明瞭《はっきり》した口調で答えた。

「元右衛門のかみさんが風邪をひいているのに何時《いつ》までもそんな所にいるのはいけないじゃないか」

「元右衛門のおかみさんは風邪をひいてはいません」

「春子《はるこ》がそういったぞ」

「風邪ひいていません」

「とにかく疑われるに決った事をするのは馬鹿だ。もし行かないにしても行ったろうと疑われるに決った事ではないか。……それで薪《まき》はどうだった」

「沼向うにも丁度切ったのがないといってました」

「お前は本統に芝居には行かないね」

「芝居には参りません」

私は信じられなかったが、答え方が余りに明瞭《はっきり》していた。疚《やま》しい調子は殆《ほとん》どなかった。縁に膝をついている石の顔色は光を背後《うしろ》から受けていて、まるで見えなかったが、その言葉の調子には偽《いつわ》りをいっているようなところは全くなかった。それ故妻は素直に石のいった通りに信じている。私もそうかも知れないという気を持った。が、何だか腑《ふ》に落ちなかった。調べれば直ぐ知れる事だが調べるのは不愉快だった。後で私は「ああはっきりいうんなら、それ以上疑うのは厭《いや》だ。……しかしともかくあいつは嫌いだ」こんな事を妻にいった。

「そりゃあ、ああいっているんですもの、まさか嘘じゃありますまいよ」

「なるべくしかし左枝子を抱かさないようにしろよ」

根戸《ねど》にいる従弟《いとこ》が来たので、私は上の地面の書斎へ行って話していた。そして暫《しばら》くするとキャアキャアという左枝子の声がして、それを抱いた石を連れて妻が登って来た。石はもう平常《へいぜい》通りの元気な顔をして左枝子の対手《あいて》になって、何かいっている。私は一番先に妻の無神経に腹を立てた。

「おじちゃま御機嫌よう」こんな調子に少し浮き浮きしている妻に、

「馬鹿。石に左枝子を抱かしてちゃあ、いけないじゃないか。二、三日はお前左枝子を抱いちゃあ、いけない」私は不機嫌を露骨に出していった。妻も石もいやな顔をした。

「いらっちゃい」妻は手を出して左枝子を受け取ろうとした。妻は石に同情しながら慰めるわけにも行かない変な気持でいるらしかった。すると左枝子は、

「ううう、ううう」と首を振った。

「いいえ、いけません。いいや御用。ちゃあちゃんにいらっしゃい」

「ううう、ううう」左枝子はまだ首を振っていた。石は少しぼんやりした顔をしていたが、妻にそれを渡すと、そのまま小走りに引きかえして行った。その後を追って、左枝子が切《しき》りに、

「いいや！　いいや！」と大きな声を出して呼んだが、石は振りかえろうともせず、うつ向いたまま駈けて行ってしまった。

私は不愉快だった。如何《いか》にも自分が暴君らしかった。――それより皆《みんな》から暴君にされたような気がして不愉快だった。石はもとより、妻や左枝子までが気持の上で自分とは対岸に立っているように感ぜられた。いやに気持が白けて暫くは話もなかった。間もなく従弟は裏の松林をぬけて帰って行った。それから三十分ほどして私たちも下の母屋へ帰って行った。

「石。石」と妻が呼んだが、返事がなかった。

「きみ。きみもいないの？……まあ二人とも何処《どこ》へいったの？」

妻は女中部屋へいって見た。

「着物を着かえて出かけたようよ」

「馬鹿な奴だ」

私はむッとしていった。

私には予《かね》てから、そのまま信じていい事は疑わずに信ずるがいいという考があった。誤解や曲解から悲劇を起すのは何より馬鹿気《ばかげ》た事だと思っていた。今朝《けさ》石が芝居には行かなかったと断言した時に、私はそのままになるべく信じられたら信じてやりたく思っていた。実際、嘘に決っているという風にも考えなかった。半信半疑のまま、その半疑の方をなくなそうと知らず知らず努力していた形であった。ところが半信半疑と思いながら実は全疑していたのが本統だった。こういう気持の不統一は、それだけで既にかなり不愉快であった。ところで二人とも逃げて行った。私は益々《ますます》不愉快になった。そしてもしも石が実際行かなかったものなら、自分の疑い方は少し残酷過ぎたと思った。石が沼向うの家《うち》に帰って、泣きながら両親や兄にそれを訴えている様子さえ想《おも》い浮ぶ。誰が聞いても解《わか》らず屋《や》の主人である。つまらぬ暴君である。第一自分はそういう考を前の作《さく》物《ぶつ》に書きながら、実行ではそのまるで反対の愚《ぐ》をしている。これはどういう事だ。私は自分にも腹が立って来た。

「お父様があんまり執拗《しつこ》くおうたぐりになるからよ。行かない、とあんなにはっきりいっているのに、左枝子を抱いちゃあいけないの何の……誰だってそれじゃあ立つ瀬がないわ」

気がとがめている急所を妻が遠慮なくつッ突き出した。私は少しむかむかとした。

「今頃そんな事をいったって仕方がない。今だって俺は石のいう事を本統とは思っていない。お前までぐずぐずいうとまた癇癪《かんしゃく》を起すぞ」私は形勢不穏を現す眼つきをして嚇《おど》かした。

「お父様のは何かおいい出しになると、執拗《しつこ》いんですもの、自家《うち》の者ならそれでいいかも知れないけど……」

「黙れ」

女中が二人ともいなくなったら覿面《てきめん》に不便になった。ちょこちょこ歩き廻る左枝子を常に一人は見ていなければならなかった。そして私は左枝子の守《も》りは十五分とするともう閉口した。他《ほか》に誰かいればそれほどでもないが、一人で遊ばすと私の方でも左枝子の方でも直ぐ厭《あ》きてしまった。

「いいや！　いいや！」左枝子は時々そういって女中を呼んだ。石もきみも左枝子は「いいや」であった。妻は如何にも不愉快らしく口数をきかずに、左枝子を負ぶって働いていた。

「晩めしはあるか」

「たきますわ」

「菜《さい》はどうだ」

「左枝子を遊ばしてて下されば、これから町へいってお魚か何か取って来ますわ」

「町の使は俺がいってやる。それに二人ともほってもおけない。遠藤と元右衛門の所へいって話して来よう」この二人が二人を世話してよこしたのである。

「そうして頂きたいわ」

四時頃だった。私は財布と風呂敷《ふろしき》を持って家《うち》を出た。

田圃路《たんぼみち》を来ると二、三町先の渡舟場《わたしば》の方から三人連れの女がこっちへ歩いて来るのが見えた。石ときみと、それから石の母親らしかった。元右衛門の家《うち》の前に立ち止って少時《しばらく》こっちを見ていたが三人とも入って行った。私は自分の疑い過ぎた点だけはとにかく先に認めてやろう、そしてどうせ先方《むこう》で暇を貰いたいというだろうから、そうしたら、仕方がない暇をやろうと考えた。

元右衛門の屋敷へ入って行くと土間への大戸が閉っていて、その前に石の母親ときみと裸足《はだし》になっている元右衛門のかみさんとが立っていた。きみは泣いた後のような赤い眼をしていた。この事には全く関係がないはずなのに何故一緒に逃げたり泣いたりするのだろうと思った。

「俺の方も少し疑い過ぎたが……」そういいかけると、

「馬鹿な奴で、御主人様はためを思っていってくれるのを、隣のおかみさんに誘われたとか、おきみさんと二人で、芝居見に行ったりして、今も散々《さんざん》叱言《こごと》をいったところですが……」母親はこんなにいい出した。私は黙っていた。

「何ネ、一幕とか見たぎりだとか」と母親は元右衛門のかみさんを顧みた。

「私、ちっとも知らなかった」元右衛門のかみさんは自身がそれに全く無関係である事を私に知ってもらいたいようにいった。

「やはり行ったのか」

「へえ、己《おのれ》のためを思って下さるのが解らないなんて、何という馬鹿な奴で」

「きみ、お前はこれを持って直ぐ町に行って魚でも何でも買って来てくれ。……それからお前には家《うち》でよく話したいから来てくれ」私は石の母親にいった。

「お暇《いとま》になるようなら、これから荷は直ぐお貰い申して行きたいと思って……」と母親はいった。

「そりゃ、どっちでもいい」と私は答えた。そして石には暇《ひま》をやる事に心で決めた。

きみが使から帰った時に一緒に行くというので、私だけ一人先に帰って来た。

「やはり行ったんだ」私は妻の顔を見るといった。私は自分の思った事が間違いでなかった事は満足に感じていた。しかし明瞭《はっきり》と嘘をいう石は恐ろしかった。左枝子が下痢をした場合、何か他所《よそ》で食わせはしなかったかと訊いた時、食べさせませんと断言をする。あるいは、自身が守りをしていて、うっかり高い所から落すとする。そして横腹をひどく打つとする。あとで発熱する。原因が知れない。そういう時、別に何もありませんでしたと断言する。これをやられては困ると私は思った。

「お父様、誰にお聞きになって?」

「石の母親から聞いた。元右衛門の家《うち》で今皆《みんな》来るところに会ったのだ」

妻は呆《あき》れたというように黙っていた。

「石はもう帰そう。ああいう奴に守りをさしておくのは可恐《こわ》いよ。今に荷を取りに来る」

石を帰す事には妻も異存ない風であった。しかし私はこれから間もなく其処《そこ》に起るべき不愉快な場面を考えると厭な気持になった。私は一人その間だけその場を避けたいような気も起したが、それは妻も同様なので仕方がなかった。石の親子の来るのを待っていた。何かいって石にお辞儀をされた場合、心に当惑する自分でも妻でもが眼に見えた。しかし私は石をそのままにおく事は仕《し》まいと思った。私は暫くこの不愉快な気持を我慢しようと思っていた。

使にやったきみが中々帰って来ない。少し晩過《おそ》ぎる。多少心配になって、私はぶらぶらとまた町の方に行ってみた。坂の上まで来た時に丁度他所《よそ》から帰って来た友達に会った。私はその立話で前晩からの石の事を話した。私の話は感情を離れた雑談にはなり得なかった。ある余り感じのよくない私情に即《つ》き過ぎていた。友達とは離れ離れな気持であった。私はそんな話を今いい出した事を悔いた。私は別れて町の方へ行った。魚屋へ行くときみは今帰ったところだといった。何処《どこ》かで擦《す》れ違ったのだ。また元右衛門の所へ帰って来ると、石は何か大きな声で話していたが、私の姿を見ると急いで土間に隠れてしまった。其処にきみが来たので皆《みんな》連れて来るようにいって私は先に帰って来た。

「お前よくいってくれ。なるべくあっさりいうがいいよ」

「よくいい聞かしても……駄目ね？」と妻は私の顔色を覗《うかが》いながらいった。

「一時は不愉快でも思い切って出してしまわないとまた同じ事が繰り返るよ」

「そうね」

台所の方に三人が入って来た。妻は左枝子を私に預けて直ぐ女中部屋の方へいった。

左枝子を抱いて縁側を歩いていると石の母親が庭の方から挨拶に来た。

「永々お世話様になりまして、……」といった。石は末っ子で十三までこの母の乳を飲んだとか、母親には殊に大事な娘らしかった。石の母親が感じている不愉快は笑顔をしても、叮嚀《ていねい》な言葉遣いをしても隠し切れなかった。顔色が変に悪かった。そして眼が涙を含んでいた。私は気の毒に思った。しかしこの年寄った女の胸に渦巻いている、私に対する悪意をまざまざと感ずると、こっちも余りいい気はしなかった。嘘に対し、私たちは子供から厳格過ぎる位厳格に教えられて来た。ところが、石も、石の母親も嘘に対しては、それが嘘に止《とど》まっている場合、何もそんなに騒ぐ事はないと思っているらしかった。かえってそれをいい立てて娘を非難する主人の方が遥かに性《たち》の悪い人間に見えたに違いない。私は石に就《つい》て、今度の事はともかくも悪い、しかしこれまで石が不正な事をしたと思った事は一度もなかったし、左枝子の事も本統に心配してくれた事は認めているし、というような事をいった。私は石に汚名をつけて出したという事になるのは厭だった。左枝子のために、これでは安心出来ない自分たちの神経質から暇を取ってもらうのだからという風に、前に「ともかく悪い」といった言葉をさえ緩《ゆる》めていった。しかし母親にはそんな言葉を叮嚀に聴く余裕はなかった。そして荷作りを済ました石を呼んで、石にも挨拶をさせた。石は赤い眼をして工合《ぐあい》悪そうに、ただお辞儀をした。

「お父様」と座敷の内から妻が小手招《こてまね》きをしている。寄って行くと、「もう少し置いて頂けない？」と小声で哀願するようにいった。妻も眼を潤《うる》ませていた。

「狭い土地の事ですから失策で出されたというと、後《あと》までも何かいわれて可哀想《かわいそう》ですわ。それに関《せき》の事もありますし、関の家《うち》へはよくしてやって、石の家にはこんな事になったとすると、大変角《かど》が立ちますもの。関の家と石の家とはただでも仲が悪いんですから、こんな事があるとなおですわ。ね、そうして頂けない？　その内角を立てずに暇を取ってもらえば、いいんですもの。石だって今度で懲《こ》りたでしょうよ。もうあんな嘘はきっとつきませんよ。……そうして頂けなくって？」

「……そんなら、よろしい」

「ありがとう」

妻は急いで台所の方へいって、石親子が門を出たところを呼び返して来た。

関というのは石と同じ村の者で私の友達の家《うち》へ女中にいっていたが、昔私の家の書生だった、ある鉱山の技師と私たちが仲人《なこうど》になって結婚さした女である。関の家と石の家とは前から仲がよくなかった。例えば石の家の山を止《と》めさしておいて初茸《はったけ》狩りに行くような場合、関の家でも何か用意しておくと、自家《うち》のお客様だからと、わざわざ遠廻りまでして私たちを関の家へは寄らせぬ算段をした。こんな風だったから私たちとの事はこのままで済むとしても私たちの一方によく、他方に悪かった事が後《あと》まで両方の家《うち》に思わぬ不快な根を残し兼ねなかったのである。妻としては大出来だった。

その晩私は裏の六畳で床へ入って本を見ていると、

「今ね」そういいながら妻はにこにこして入って来た。

「旦那様はそりゃ可恐《こわ》い方なんだよ。いくら上手に嘘をついたって皆《みんな》心の中を見透《みとお》しておしまいになるんだからね……、こういってやったら、吃驚《びっくり》したような顔をして、はあ、はあ、っていいってるの」妻はくすくす笑いながら首を縮めた。

「馬鹿」

「いいえ、その位にいっておく方がいいのよ」妻は真面目《まじめ》な顔をした。

下

ところが石はまだ本統の事をいっていなかった。実は一人で行ったのであった。それをきみまで同類にして知らん顔をしていた。この事は少し気に食わなかった。前からきみの行かなかった事を私は知っていた。少くも十一時半までは家《うち》にいたのを私は知っていた。私の怒っているのを承知でそれから出掛けるのも変だし、万一出掛けたとすればそれは石を迎いに行ったに違いないと思っていた。ところが石は母親にきみと一緒に行ったといって、そのままにしている。私は、ある時それを妻にいうかも知れないと待つような気持でいた。しかし石は遂《つい》にその事は知らん顔をしてしまった。忘れてしまったのかも知れない。とにかく妻の御愛嬌《ごあいきょう》な嚇《おど》しは余り役には立っていなかった。

石は全く平常《ふだん》の通りになってしまった。しかし私は前のような気持では石を見られなかった。何だか嫌《きらい》になった。それは道学者流に非難を持つというよりはもっとただ何となく厭《いや》だった。私は露骨に石には不愛想な顔をしていた。

三週間ほど経《た》った。流行感冒も大分下火になった。三、四百人の女工を使っている町の製糸工場では四人死んだというような噂が一段落ついた話として話されていた。私は気をゆるした。丁度上の離れ家の廻りに木を植えるためにその頃毎日二、三人植木屋がはいっていた。Ｙから貰った大きな藤の棚を作るのにも、少し日がかかった。私は毎日植える場所の指図や、ある時は力業《ちからわざ》の手伝いなどで昼間は主《おも》に植木屋と一緒に暮していた。

そしてとうとう流行感冒に取り附かれた。植木屋からだった。私が寝た日から植木屋も皆《みんな》来なくなった。四十度近い熱は覚えて初めてだった。腰や足が無闇《むやみ》とだるくて閉口した。しかし一日苦しんで、翌日になったら非常によくなった。ところが今度は妻に伝染した。妻に伝染する事を恐れて直ぐ看護婦を頼んだが間に合わなかったのだ。この上はどうかして左枝子にうつしたくないと思って、東京からもう一人看護婦を頼んだ。一人は妻に一人は左枝子につけておく心算《つもり》だったが、母と離されている左枝子は気むずかしくなって、中々看護婦には附かなかった。間もなくきみが変になった。用心しろと喧《やかま》しくいっていたのに無理をしたのでなお悪くなった。人手がないのと、本人が心細がって泣いているので、時々こっちの医者に行ってもらう事にして、俥《くるま》で半里《はんみち》ほどある自身の家《うち》へ送ってやった。しかし暫《しばら》くするとこれはとうとう肺炎になってしまった。

今度は東京からの看護婦にうつった。今なら帰れるからとかなり熱のあるのを押して帰って行った。しまいに左枝子にも伝染《うつ》ってしまって、健康なのは前にそれを済ましていた看護婦と、石とだけになった。そしてこの二人は驚くほどによく働いてくれた。

まだ左枝子に伝染《うつ》すまいとしている時、左枝子は毎時《いつも》の習慣で乳房を含まずにはどうしても寝つかれなかった。石がおぶって漸《ようや》く寝つかせたと思うと直ぐまた眼を覚して暴れ出す。石は仕方なく、またおぶる。西洋間といっている部屋を左枝子の部屋にしておいて、私は眼が覚めると時々その部屋を覗《のぞ》きに行った。二枚の半纏《はんてん》でおぶった石がいつも坐ったまま眼をつぶって体を揺《ゆす》っている。人手が足りなくなって昼間も普段の倍以上働かねばならぬのに夜はその疲れ切った体でこうして横にもならずにいる。私は心から石にいい感情を持った。私は今まで露骨に邪慳《じゃけん》にしていた事を気の毒でならなくなった。全体あれほどに喧《やかま》しくいっておきながら、自身輸入して皆《みんな》に伝染《うつ》し、暇を出すとさえいわれた石だけが家《うち》の者では無事で皆の世話をしている。石にとってはこれは痛快でもいい事だ。私は痛快がられても、皮肉をいわれても仕方がなかった。ところが石はそんな気持は気振《けぶ》りにも見せなかった。ただ一生懸命に働いた。普段は余りよく働く性《たち》とはいえない方だが、その時はよく続くと思うほどに働いた。その気持は明瞭《はっきり》とはいえないが、想うに、前に失策をしている、その取り返しをつけよう、そういう気持からではないらしかった。もっと直接な気持かららしかった。私には総《すべ》てが善意に解せられるのであった。私たちが困っている、だから石は出来るだけ働いたのだ。それに過ぎないという風に解《と》れた。長いこと楽しみにしていた芝居がある、どうしてもそれが見たい、嘘をついて出掛けた、その嘘が段々しまいには念入りになって来たが、嘘をつく初めの単純な気持は、困っているから出来るだけ働こうという気持と石ではそう別々な所から出たものではない気がした。

私たちのは幸《さいわい》に簡単に済んだが肺炎になったきみは中々帰って来られなかった。そして病人の中にいて、遂にかからずにしまった石はそれからもかなり忙《せわ》しく働かねばならなかった。私の石に対する感情は変ってしまった。少し現金過ぎると自分でも気が咎《とが》める位だった。

一カ月ほどしてきみが帰って来た。暫くすると、それまで非常によく働いていた石は段々元の杢阿弥《もくあみ》になって来た。しかし私たちの石に対する感情は悪くはならなかった。間抜けをした時はよく叱りもした。が、じりじりと不機嫌な顔で困らすような事はしなくなった。大概の場合叱って三分《ぶん》あとには平常《ふだん》の通りに物がいえた。

四谷に住んでいるKが正月の初旬から小田原に家《うち》を借りて、家中《うちじゅう》で其処《そこ》へ行く事になったので、私たちはそれと入代りに我孫子《あびこ》からKの留守宅に来て住む事にしていた。私には丸五年ぶりの東京住いである。久し振りの都会生活を私は楽しみにしていた。

その前から石には結婚の話があった。先は我孫子から一里余りある町の穀屋《こくや》という事だった。私たちが東京へ行くのと同時に暇をとるというので、私たちもその気で後を探したが中々いい女中が見当らなかった。

ある時妻は誰からか、石の行く先の男は今度が八度目の結婚だという噂を聴いて、それを石に話した。そしてとにかくもっとよく調べる事を勧めた。後で妻は私にこんな事をいった。

「石は余り行きたくないんですって。何でもお父さんが一人で乗気で、とにかく行って見ろ、その上で気に入らなかったら、帰って来いっていうんですって。どうも其処が当り前とは大分違いますのね。行く前に充分調べて、行った以上は如何《どん》な事があっても帰って来るな、なら解っているが、帰るまでも、一度は行って見ろというのは変ね」

その後暫《ご》くして石の姉が来て、その先は噂の八人妻を更《か》えたという男とは異《ちが》う事が知れた。そして、石は少しも厭ではないのだと姉はいっていたそうだ。

石は先の男がどういう人か恐らく少しも知らずにいるのではないかと思った。写真を見るとか、見合いをするとかいう事もないらしかった。何しろ田舎《いなか》の結婚には驚くほど暢気《のんき》なのがあるのを私は知っている。結婚して初めて、この家《うち》だったのかと思ったというようなのがある。私の家《うち》の隣の若い方のかみさんがそれだ。来て見たら、自分の思っていた家の隣だった。そして、貧乏なので失望したという話を私の家の前にいた女中にしたそうだ。しかしその家族は今老人夫婦、若夫婦で貧乏はしているらしいが至極《しごく》平和に暮している。

「石の支度は出戻りの姉のがあるので、それをそっくり持って行くんですって。何だか直《ちょく》でいいわね」妻は面白がっていた。

石の代りはなかったが、日が来たので私たちは運送屋を呼んで東京行きの荷造りをさした。そして翌朝《よくあさ》私たちも出かけるというその夕方になると、急に石はやはり一緒に行きたいといいだした。

「何だか、ちっとも解りゃしない。お嫁入りまでにお針の稽古をするから是非《ぜひ》暇をくれというかと思うと、また急にそんな事をいい出すし。皆《みんな》が支度をするのを見ている内に、急に羨《うらや》しくなるのね。子供がそうですわ」と妻がいった。

それをいいに帰った石と一緒に翌朝《よくあさ》来た母親は繰り返し繰り返しどうか二月一杯で必ず帰してもらいたいといっていた。

上京して暫くすると左枝子が麻疹《はしか》をした。幸に軽い方だったが、用心は厳重にした。石もきみもそのためには中々よく働いた。一月半《ひとつきはん》ほどしていよいよ石の帰る時が近づいたので、ある日二人を近所へ芝居見物にやった。何か恐ろしい者が出て来たとか、石は二幕の間どうしても震えが止らなかったのを暫くして、やっと直ったという話がある。

いよいよ石の帰る日が来たので、先に荷を車夫に届けさしておいて、丁度天気のいい日だったので、私は妻と左枝子を連れて一緒に上野へ出かけた。停車場《ていしゃじょう》で車夫から受け取った荷を一時預けにしておいて、皆《みんな》で動物園にいった。そして二時何分かにまた帰って改札口で石を送ってやった。

私たちには永い間一緒に暮した者と別れるある気持が起っていた。少し涙ぐんでいた石にもそれはあったに違いない。しかしその表れ方が私たちとは全く反対だった。石は甚《ひど》く不愛想になってしまった。妻が何かいうのに碌々《ろくろく》返事もしなかった。別れの挨拶一ついわない。そして別れて、プラットフォームを行く石は一度もこっちを振り向こうとはしなかった。よく私たちが左枝子を連れて出掛ける時、門口《かどぐち》に立っていつまでも見送っている石が、こうして永く別れる時に左枝子が何かいうのに振り向きもしないのは石らしいかえって自然な別れの気持を表していた。

私たちが客待自動車に乗って帰って来る時、左枝子はしきりに「いいや、いいや」といっていた。

石がいなくなってからは家《うち》の中が大変静かになった。夏から秋になったように淋しくも感ぜられた。

「芝居を見にいった時、出さなくてやっぱりよかった」

「石ですか?」と妻がいった。

「うん」

「本統に。そんなにして別れるとやっぱり後で寝覚《ねざ》めが悪うございますからね」

「あの時帰してしまえば石はしまいまで、厭な女中で俺たちの頭に残るところだったし、先方《むこう》でも同様、厭な主人だと生涯思うところだった。両方とも今とその時と人間は別に変りはしないが、何しろ関係が充分でないと、いい人同士でもお互に悪く思うし、それが充分だといい加減悪い人間でも憎めなくなる」

「本統にそうよ。石なんか、欠点だけ見れば随分ある方ですけれど、またいい方を見ると中々捨てられないところがありますわ」

「左枝子の事だと中々本気に心配していたね」

「そうよ。左枝子は本統に可愛《かわい》いらしかったわ」

「いなくなったら急によくなったが、左枝子が本統に可愛かったは少し慾目かな。そうさえしていればこっちたちの機嫌はいいからね」

「全くのところ、いくらかそれもあるの」といって妻も笑った。「だけど、それだけじゃ、ありませんわ。この間もきみと二人で何を怒っているのかと思ったら、Tさんが、左枝ちゃんは別嬪《べっぴん》さんになれませんよ、と仰有《おっしゃ》ったって二人で怒っているの。何故《なぜ》そんな事を仰有ったか分らないけれど、Tさんは大嫌いだなんていってるの」

二人は笑った。妻は、

「今頃田舎で、嚔《くしゃみ》をしてますよ」と笑った。

石が帰って一週間ほど経《た》ったある晩の事だ。私は出先から帰って来た。そして入口の鐘を叩くと、その時戸締りを開けたのは石だった。思いがけなかった。笑いながら石は元気のいいお辞儀をした。

「何時《いつ》来た？」私も笑った。私は別に返事を聴く気もなしに後《あと》の戸締りをしている石を残して茶の間へ来た。左枝子を寝かしていた妻が起きて来た。

「石はどうして帰って来たんだ」

「私がこの間端書《はがき》を出した時、お嫁入りまでにもし東京に出る事があったら是非おいで、と書いたら、それが読めないもんで、学校の先生の所へ持っていって読んでもらったんですって。するとこれは是非来いという端書だというんで早速《さつそく》飛んで来たんですって」

「丁度いい。で、暫くいられるのか?」

「今月一杯いられるとか」

「そうか」

「帰ったらお嬢様の事ばかり考えているんで、自家《うち》の者から久し振りで帰って来て、何をそんなにぼんやりしてるんだといわれたんですって」

石は今、自家《うち》で働いている。あいかわらずきみと一緒に時々間抜けをしては私に叱られているが、もう一週間ほどするとまた田舎へ帰って行くはずである。そして更に一週間すると結婚するはずである。良人《おっと》がいい人で、石が仕合《しあわ》せな女となる事を私たちは望んでいる。

焚《たき》火《び》

その日は朝から雨だった。午《ひる》からずっと二階の自分の部屋で妻も一緒に、画家のSさん、宿の主《あるじ》のKさんたちとトランプをして遊んでいた。部屋の中には煙草《たばこ》の煙が籠《こも》って、皆《みんな》も少し疲れて来た。トランプにも厭《あ》きたし、菓子も食い過ぎた。三時頃だ。

一人が起《た》って窓の障子を開けると、雨は何時《いつ》かあがって、新緑の香《かおり》を含んだ気持のいい山の冷々《ひえびえ》した空気が流れ込んで来た。煙草の煙が立ち迷っている。皆は生き返ったように互に顔を見交《みかわ》した。

浮腰で、ずぼんのポケットに深く両手を差し込んでモジモジしていた主のKさんが、

「私、ちょっと小屋の方をやって来ます」といった。

「僕も描《か》きに行こうかな」と画家のSさんもいって、二人で出て行った。

出窓に腰かけて、段々白い雲の薄れて行く、そして青磁色の空の拡がるのを眺めていると、絵具函《えのぐばこ》を肩にかけたSさんと、腰位までの外套《がいとう》をただ羽織ったKさんとが何か話しながら小屋の方へ登って行くのが見えた。二人は小屋の前で少時《しばらく》立話をして、そしてSさんだけ森の中へ入って行った。

それから自分は横になって本を読んだ。そして本にも厭きた頃、側《そば》で針仕事をしていた妻が、

「小屋にいらっしゃらない?」といった。

小屋というのは近々《きんきん》に自分たちが移り住むために、若い主のKさんと年を取った炭焼きの春さんとで作ってくれる小さい掘立小屋《ほったてごや》の事である。

Kさんと春さんとは便所を作っていた。

「割に気持のいい物になりました」とKさんがいった。自分も手伝った。妻も時々手を出した。

半時間ほどすると、Sさんが前の年の湿った落葉を踏んで森の中から出て来た。

「これはよくなった。これだけ出っ張りが附くと家《いえ》の形がついた」と便所の出来栄《できばえ》を讃《ほ》めた。Kさんは、

「厄介物《やっかいもの》にされた便所が大変いい物になりましたよ」と嬉《うれ》しそうな顔をしていった。

小屋の事は一切Kさんに任せてある。Kさんは作る事に興味を持って、実用の方面ばかりでなく、家《いえ》全体の形とか、材料の使い方にも色々苦心して、出来るだけ居心地《いごこち》のいい家《うち》にしようとしていた。

夜鷹《よたか》が堅い木を打ち合すような烈《はげ》しい響をたてて鳴き始めた。暗くなったので仕事を切り上げた。春さんは掌《てのひら》で雁首《がんくび》の煙草をつめ更《か》えながら、

「牛や馬が登って来たから、早く柵を拵《こさ》えないといけないね」といった。

「そうですね。作りかけを食べられちゃあ、気が利《き》きませんからね」とKさんが答えた。家《うち》を食われるというので笑った。この山には壁土になる泥がないので宿屋でも壁の所は総《すべ》て板張りにしてある。この小屋では其処《そこ》を炭俵と同じ質の大きいものを作らせて、それを二《ふ》タ重《え》にしてその間に蓆《むしろ》を入れた。

「牛や馬にはこの家は御馳走《ごちそう》だからね」と春さんは笑いもせずにいった。皆は笑った。

山の上の夕暮は何時も気持がよかった。殊《こと》に雨あがりの夕暮は格別だった。その上、働いてその日の仕事を眺めながら一服やっている時には、誰の胸にも淡く喜びが通い合って、皆快活な気分になった。

前の日も午後から晴れて、美しい夕暮になった。昨日《きのう》は鳥居峠《とりいとうげ》から黒檜《くろび》山の方へ大きな虹が出てなお美しかった。皆は永い事、此処《ここ》で遊んだ。小屋は楢《なら》の林の中にあったから、皆《みんな》でその高い楢に木登りをして遊んだ。虹がよく見えるというと妻までが登りたがるので、Kさんと二人で三間ほどの所まで引張りあげた。

自分と妻とKさんとは一つ木に登った。Sさんはその隣の木に登って、SさんとKさんとは互に自身の方が高くなろうとして五、六間の高さまで張り合って登って行った。

「まるで安楽椅子ですよ」Kさんは高い所の工合《ぐあい》よく分れた枝の股に仰向《あおむ》けに寝て、巻煙草をふかしながら大波のようにその枝を揺《ゆす》ぶって見せたりした。

Kさんの二番目の児《こ》をおぶった「市《いち》や」という年の割に顔の大きい低能な男の児が夜食の知らせに来て、漸《ようや》く皆が木を降りた時には、妻が木の上から落した櫛《くし》が灯《あかり》なしでは探せないほど、地面の上は暗くなっていた。

自分は前日のこの楽しみを想いながら、

「晩、舟に乗りませんか」といった。皆賛成だった。

食事だけ別れ別れにして、四人はまた下の大きい囲炉裡《いろり》に集った。Kさんは炉の大きい茶釜の湯で赤ん坊に飲ますコンデンスミルクをといていた。

Kさんは氷蔵から楢の厚い板を抱えて来た。四人は大きい樅《もみ》の木に被《おお》われた神社の暗い境内を抜けて行く。神楽堂《かぐらどう》の前を通る時、Kさんはお札を売る人に、

「お湯にお入りなさい」と声をかけた。樅の太い幹と幹の間に湖水の面《めん》が銀色に光って見えた。

小舟は岸の砂地へ半分曳《ひ》き上げてあった。昼の雨で溜《たま》った水をKさんが掻《か》き出す間、三人は黒く濡れた砂の上に立っていた。

Kさんは抱えて来た厚い板を舟縁《ふなべり》のいい位置に渡して、「お乗り下さい」といった。妻から先へ乗せた。小舟は押し出された。

静かな晩だ。西の空にはまだ夕映えの名残りが僅《わずか》に残っていた。が、四方の山々は蠑螈《いもり》の背のように黒かった。

「Kさん、黒檜《くろび》が大変低く見えるね」とSさんが舳《へさき》からいった。

「夜は山は低く見えますよ」Kさんは艫《とも》に腰かけて短い櫂《かい》を静かに動かしながら答えた。

「焚火《たきび》をしてますわ」と妻がいった。小鳥島《ことりじま》の裏へ入ろうとする向う岸にそれが見える。静かな水に映って二つに見えていた。

「今頃変ですね」とKさんがいった。「蕨取《わらびと》りが野宿《のじゆく》をしているのかも知れませんよ。あすこに古い炭焼の竈《かま》がありますから、その中に寝ているのかも知れませんよ。行って見ましょうか」

Kさんは櫂に力を入れて舳の方向を変えた。舟は静かに水の上を滑った。Kさんは小鳥島から神社の方へ一人で泳いで来る時、湖水を渡っていた蛇と出会って驚いた話などをした。

焚火はKさんのいうように竈の焚口《たきぐち》で燃えていた。Sさんは、

「本統にあの中に人がいるのかね、Kさん」といった。

「きっといますよ。もしいなければ消しておかないと悪いから、上りましょうか」

「ちょっと上って見たいわ」と妻もいった。

岸へ来た。Sさんが縄を持って先へ飛び降りて、舟の舳を石と石との間へ曳き上げた。

Kさんは竈の前に踞《しゃが》んで頻《しき》りに中を覗《のぞ》いていた。

「寝ていますよ」

冷々としているので皆《みんな》にも焚火はよかった。

Sさんは落ちている小枝の先でおき火をかき出して煙草をつけた。

竈の中でゴソゴソ音がして、人の呻《う》なる声がした。

「しかし、こうして寝ていたら温《あった》かいだろうね」とSさんがいった。

Kさんはその辺に落ち散っている枝を火に積み上げながら、

「しまいに消えますからね。寝込んでしまうと、明方は随分寒いでしょうよ」といった。

「こんな側《そば》で焚《た》いても窒息しませんの?」

「中で焚かなければ大丈夫です。それより竈が余り古くなるとひとりでに崩れる事があるんですよ。殊に雨のあとは危《あぶな》いんですよ」

「可恐《こわ》いわ。Kさん教えてやるといいわ」

「本統に教えてやる方がいいね」とSさんもいった。

「わざわざ教えなくても」とKさんは笑い出した。「これだけ大きな声で話していればみんな聴えていますよ」

竈の中でまたゴソゴソと枯葉の音を立てた。皆は一緒に笑い出した。

「往《い》きましょうか」と妻は不安そうにいい出した。舟へ来ると、Sさんは先へ乗り込んで、「今度は僕が漕《こ》ごう」といった。

小鳥島と岸の間は殊に静かだった。晴れた星の多い空を舟べりからそのまま下に見る事が出来た。

「こっちでも焚火をしましょうかね」とKさんがいった。

Sさんは癖になっているドナウ・ウェレンの口笛を吹きながら漕いでいた。

「オイKさん。どの辺へ着けるんだい？」とSさんが訊《き》いた。Kさんは振りかえって見て、

「丁度《ちょうど》この見当《けんとう》でようござんすよ」と答えた。

それから、何《なん》という事なしに皆は暫《しばら》く黙ってしまった。舟は静かに進んで行った。

「岸位までなら泳げるか？」と自分は妻に訊いてみた。

「どうですか。泳げるかも知れないわ」

「奥さん、泳げになるんですか？」Kさんは驚いたようにいった。

「何時《いつ》頃から泳げるの？」と自分はKさんに訊いた。

「少し温《あった》かい日なら今でも泳げますよ。去年今頃泳ぎましたよ」

「少し寒そうだ」自分は手を水へ浸《ひた》して見ていった。「しかし先《せん》に紅葉《もみじ》見に行って、朝早く蘆《あし》の湖《こ》で泳いだ事があるけれど、思ったほどではなかった。それよりも、四月初めに蘆の湖で泳いだ事がある」

「昔はお偉かったのね」と妻は寒がりの自分を冷やかした。

「この辺《へん》でいいかい？」

「ええ。どうぞ」

Sさんは三擢四擢力を入れて漕いだ。舟の舳はザリザリと音をさせて砂地へ着いた。皆《みんな》は砂へ降り立った。

「こんなに濡れていても焚火が出来ますの？」

「白樺の皮で燃《も》しつけるんです。油があるので濡れていてもよく燃えるんですよ。私、焚木を集めますから、白樺の皮を沢山お集め下さい」

一面に羊歯《しだ》や山蕗《やまぶき》や八ツ手の葉のような草の生い繁った暗い森の中に入って焚火の材料を集めた。

皆は別れ別れになったが、KさんやSさんの巻煙草の先が吸う度《たび》に赤く見えるのでそのいる所が知れた。

白樺の古い皮が切れて、その端を外側に反《そ》らしている、それを手頼《たより》に剝《は》ぐのだ。時々Kさんの枯枝を折る音が静かな森の中に響いた。

持てないだけになると、岸の砂地へ運んだ。もう大分《だいぶん》溜った。

何かに驚いて、Kさんがいきなり森から飛出して来た。

「どうしたんだ」

「いましたよ。虫ですよ。あの尻の光っている奴が、こうやって尻を振っていたんですよ。堪《たま》ったもんじゃあない」Kさんは尺取り虫の類《るい》を非常に可恐《こわ》がった。息を跳反《はず》ませている。

それを見に入った。先に立ったSさんが、

「この辺《へん》かい？」と後《うしろ》の方にいるKさんを顧みた。

「其処に光ってるじゃあ、ありませんか」

「なるほど、これだね」Sさんはマッチを擦って見た。一寸《すん》ほどの裸虫がその割に大きい尻をもたげてゆるゆると振っていた。

その先が青くぼんやり光って見える。

「これが、そんなに可恐《こわ》いかね」とSさんがいった。

「これからは其奴《そいつ》がいるんで、うっかり歩けませんよ」とKさんはいう。そして、「もう大概ようござんすから、焚きましょうか」といった。

皆はまた砂地へ出た。

白樺の皮へ火をつけると濡れたまま、カンテラの油煙《ゆえん》のような真黒な煙を立てて、ボウボウ燃えた。Kさんは小枝から段々大きい枝をくべて忽《たちま》ち燃《も》しつけてしまった。その辺が急に明るくなった。それが前の小鳥島の森にまで映った。

Kさんは舟から樒の厚板を持って来て、自分たちの腰を下ろす所を作ってくれた。

「虫だけは山に育った人のようじゃあ、ないね」とSさんがいった。

「本統ですよ」とKさんもいった。「初めから知っていると、それほどでもないんですが、不意だと随分魂消《たまげ》ますよ」

「山には別に可恐いものって、いませんの？」

「何《なん》にもいませんよ」

「大蛇《だいじゃ》なんていないの？」

「いませんよ」

「蝮《まむし》は？」と自分が訊いた。

「箕輪《みのわ》辺《へん》まで下りると時々見かけますが、上では蝮は一度も見た事はありませんよ」

「昔は山犬がいたんだろう」とSさんがいった。

「子供の頃よく声だけ聴きました。夜中《よなか》に遠吠えを聴くと、淋しい、いやな気持がしたのを覚えていますよ」

Kさんは Kさんの亡《な》くなったお父さんが夜釣が好きで、ある夜山犬に囲まれて、岸伝いに水の中を帰って来た話とか、この山が牧場になった年、馬が食われて半分位になっているのを見た話などをした。

「その年、肉にダイナマイトを入れて、殺したら、一週間で絶えてしまいました」自分は四、五日前、地獄谷《じごくだに》の方で小さい野獣の髑髏《どくろ》を見た話をすると、Kさんは、

「きっと笹熊でしょう。鷲《わし》かなんかに食われたのかも知れませんよ。笹熊は弱い獣《けもの》ですからね」といった。

「じゃあ、この山には何《なん》にも可恐いものはいないのね」と臆病な妻はKさんに念を押した。するとKさんは、

「奥さん。私大入道を見た事がありますよ」といって笑い出した。

「知ってますよ」と妻も得意そうにいった。「霧に自分の影が映るんでしょう?」妻はそれを朝早く、鳥居峠に雲海《うんかい》を見に行った時に経験した。

「いいえ、あれじゃあ、ないんです」

子供の頃、前橋へ行った夜の帰り、小暮《こぐれ》から二里ほど来た大きい松林の中でそういうものを見た、という話だ。一町位先でぼんやりその辺《へん》が明るくなると、その中に一丈以上の大きな黒いものが立ったという。しかし、暫くして、大きな荷を背負った人が路傍《みちばた》

に休んでいたので、その人が歩きながら煙草を飲むために荷の向うで時々マッチを擦ったのだという事が知れたという話である。

「不思議なんて大概そんなものだね」とSさんがいった。

「でも不思議はやっぱりあるように思いますわ」と妻はいった。「そういう不思議はどうか知らないけど、夢のお告げとかそういう事はあるように思いますわ」

「それはまた別ですね」とSさんもいった。そして急に憶《おも》い出したように、「そら、Kさん、去年君が雪で困った時の話なんか、そういう不思議だね。まだ聴きませんか?」と自分の方を顧みた。

「いいえ」

「あれは本統に変でしたね」とKさんもいった。こういう話だ。

去年、山にはもう雪が二、三尺も積った頃、東京にいる姉さんの病気が悪いという知らせでKさんは急に山を下って行った。

しかし姉さんの病気は思ったほどではなかった。三晩泊って帰って来たが、水沼に着いたのが三時頃で、山へは翌日登る心算《つもり》だったが、僅《わずか》三里を一ト晩泊って行く気もしなくなって、Kさんは予定を変えて、しかしもし登れそうもなければ山の下まで行って泊めてもらうつもりで、水沼を出た。

　そして丁度日暮に二の鳥居の近くまで来てしまったが、身体《からだ》も気持も余りに平気だった。それに月もある。Kさんは登る事に決めた。しかしそれから登るに従って、雪は段々深くなった。Kさんが山を下りた時とは倍位になっていた。それでも人通りのある所なら、深いなりに表面が固まるから、さほど困難はないが、全《まる》で人通りがないので軟かい雪に腰位まで入る。その上、一面の雪で何処《どこ》が路かよく知れないから、いくら子供から山に育って慣れ切ったKさんでも、段々にまいって来た。

　月明りに鳥居峠は直《す》ぐ上に見えている。夏はこの辺はこんもりとした森だが、冬で葉がないから上が直ぐ近くに見えている。その上、雪も距離を近く見せた。今更引き返す気もしないので、蟻《あり》の這うように登って行くが、手の届きそうな距離が実に容易でなかった。もし引き返すとしても、幸い通った跡を間違わず行ければまだいいとして、それを外《そ》れたら困難は同じ事だ。上を見ると、何しろ其処《そこ》だ。

　Kさんは、もう一ト息、もう一ト息と登った。別に恐怖も不安も感じなかった。しかし何だか気持が少しぼんやりして来た事は感じた。

「後で考えると、本統は危なかったんですよ。雪で死ぬ人は大概そうなってそのまま眠ってしまうんです。眠ったまま、死んでしまうんです」

よくそれを知りながら、不思議にKさんはその時少しもそういう不安に襲われなかった。そして、ともかく、気持を張った。何しろ身体がいい。それに雪には慣れていた。到頭《とうとう》それから二時間余りかかって、漸く峠の上まで漕ぎつけた。

雪の深さは一層増《ま》さった。しかしこれからはちょっと、下りになる。下ればずっと平地だ。時計を見ると、もう一時過ぎていた。

遠くの方に提灯《ちょうちん》が二つ見えた。今時分、とKさんは不思議に思った。しかしとにかく一人きりのところに人と会うのは擦れ違いにしろ嬉しかった。Kさんはまた元気を振い起して、下りて行った。そして、覚満淵《かくまんぶち》の辺《へん》でそれらの人々と出会った。それはUさんという、Kさんの義理の兄さんと、その頃Kさんの家《うち》に泊っていた氷切りの人夫三人とだった。「お帰りなさい。大変でしたろう?」とUさんがいった。

Kさんは「今時分何処へ行くんですか?」と訊いた。

「今、お母さんに起《つか》されて迎いに来たんですよ」とUさんは何の不思議もなさそうに答えた。Kさんは慄《ぞ》っとした。

「私がその日帰る事は知らしても何にもなかったんです。後で聴くと、お母さんがみいちゃん(Kさんの上の子供)を抱いて寝ていると、――別に眠っていたようでもないんですが、不意にUさんを起して、Kが帰って来たから迎いに行って下さいといったんだそうです。Kが呼んでいるからっていうんだそうです。あんまり明瞭《はっきり》しているんで、Uさんも不思議とも思わず、人夫を起して支度させて出て来たというんですが、よく聴いて見ると、それが丁度私が一番弱って、気持が少しぼんやりして来た時なんです。山では早く寝ますからね、七時か八時に寝て、丁度皆《みんな》ぐっすりと寝込んだ時なんです。それを四人も起して、出して寄越《よこ》すんですから、お母さんのはよほど明瞭《はっきり》聴いたに違いないのです」

「Kさんは呼んだの?」と妻が訊いた。

「いいえ。峠の向うじゃあ、いくら呼んだって聴えませんもの」

「そうね」と妻はいった。妻は涙ぐんでいた。

「そんな気がした位ではなかなか、夜中に皆を起して、腰の上まで埋《う》まる雪の中を出してやれるものではないんです。それは巻脚絆《まききゃはん》の巻き方が一つ悪くても、一度解けたら、凍って棒になってしまいますから、とても、もう巻けないんです。だから支度が随分厄《やっ》介《かい》なんです。支度にどうしても二十分やそこらかかるんですよ。その間お母さんは、ちっとも疑わずにおむすびを作ったり、火を焚きつけたりしていたんです」

Kさんとお母さんの関係を知っているとこの話は一層感じが深かった。よくは知らないが、似ているので皆《みんな》がイブセンと呼んでいたKさんの亡くなったお父さんは別に悪い人ではないらしかったが、少くとも良人《おっと》としては余りよくなかった。平常《ふだん》は前橋辺に若い妾《めかけ》と住んでいて、夏になるとそれを連れて山へ来て、山での収入を取上げて行ったそうだ。Kさんはお父さんのそういうやり方に心から不快を感じて、よく衝突をしたという事だ。そしてこんな事がKさんを一層お母さん想《おも》いにし、お母さんを一層Kさん想いにさせたのだ。

先刻《さつき》から、小鳥島で梟《ふくろう》が鳴いていた。「五郎助」といって、暫く間《あいだ》を措《お》いて、「奉公」と鳴く。

焚火も下火になった。Kさんは懐中時計を出して見た。

「何時?」

「十一時過ぎましたよ」

「もう帰りましょうか」と妻がいった。

Kさんは勢よく燃え残りの薪《たきぎ》を湖水へ遠く抛《ほう》った。薪は赤い火の粉を散らしながら飛んで行った。それが、水に映って、水の中でも赤い火の粉を散らした薪が飛んで行く。上と下と、同じ弧を描《えが》いて水面で結びつくと同時に、ジュッと消えてしまう。そしてあたりが暗くなる。それが面白かった。皆《みんな》で抛った。Kさんが後に残ったおき火を櫂で上手に水を撥《は》ねかして消してしまった。

舟に乗った。蕨取りの焚火はもう消えかかっていた。舟は小鳥島を廻って、神社の森の方へ静かに滑って行った。梟の声が段々遠くなった。

真鶴
まな
づる

伊豆半島の年の暮だ。日が入って風物総《すべ》てが青味を帯びて見られる頃だった。十二、三になる男の児《こ》が小さい弟の手を引き、物思わし気な顔付をして、深い海を見下《みおろ》す海岸の高い道を歩いていた。弟は疲れ切っていた。子供ながらに不機嫌な皺《しわ》を眉間《みけん》に作って、さも厭々《いやいや》に歩みを運んでいた。しかし兄の方は独《ひと》り物思いに沈んでいる。彼は恋という言葉を知らなかったが、今、その恋に思い悩んでいるのであった。

こんな事があった。ある時、彼の通《かよ》っている小学校の教員が、新しく来た若い女教員と連れ立って行く後《うしろ》から彼は何気なく従《つ》いて行った。その時不意に教員が、「オイ」といって彼へ振返った。「我恋は千尋《ちひろ》の海の捨小舟《すておぶね》、寄る辺《べ》なしとて波の間に〳〵。お前にこの歌の意味が解るかね」とこういった。こういって教員は笑いながら女教員の顔を横から覗《のぞ》き込んだ。女教員は俯向《うつむ》くと、黙って耳の根を赤くしていた。

彼も変に恥かしくなった。自分がそれをいわれたような、またそれを自分がいったような気がちょっとした。

「どうだね。解るかね」と再びいわれると彼も女教員のしたように黙って俯向いてしまった。そして、沖の広々した所に小舟《こぶね》のゆらりゆらり揺られている様を、何という事なし絵のように想《おも》い浮べていた。恋という言葉を知らぬ彼にはもとより歌の意味は解らなかった。

真鶴《まなづる》の漁師の子で、彼は色の黒い、頭の大きい子供であった。

そして彼は今、その大きい頭におよそ不釣合な小さい水兵帽を兜巾《ときん》のように戴いているのだ。咽《のど》はそのゴム紐《ひも》で〆上《しめあ》げられていた。この様子は恋に思い悩んでいる者としては如何《いか》にも不調和で可笑《おか》しかった。しかし彼にとっては不調和でも、可笑しくても、また滑稽でも、この水兵帽はそう軽々しく考えられるべき物ではなかったのである。

その日彼は父から歳暮の金を貰うと、小田原まで、弟と二人の下駄を買うために出掛けた。ところが下駄屋へ来るまでに彼はふと、ある唐物屋《とうぶつや》のショーウインドウでその小さい水兵帽を見つけた。彼は急にそれが欲しくなった。そこで後先《あとさき》の考もなく、彼は彼の財布をはたいてしまったのである。

彼の叔父《おじ》に、元根府川《ねぶかわ》の石切人足で、今、海軍の兵曹長になっている男がある。それから彼はよく海軍の話を聴いた。そして、自分も大きくなったら水兵になろうと決心していた。

「どうだ、このボイラーの小せえ事、まるでへっつい(ヽヽヽヽ)だな」とこんな風に、ある時叔父が煙突の上に丸いオーヴンでも乗せたような熱海行きの軌道機関車を笑った事があった。これ以外に汽車を知らぬ彼にはこの言葉だけでも叔父を尊敬するに充分だった。そして彼は彼の水兵熱を益々《ますます》高めて行ったのである。

それ故《ゆえ》水兵帽を手に入れた事は彼にとってこの上ない喜びであった。が、同時に彼は後悔もしていた。折角《せっかく》下駄を楽しみに従《つ》いて来た弟が可哀想《かわいそう》だった。二人が貰った金で自分だけの物を買った事を短気な父がどんなに怒る事かと考えるとさすがに気が沈んで来た。

しかし松飾りの出来た賑《にぎや》かな町を歩いている内に彼は何時《いつ》かそんな事を忘れて、そして前から聞かされていた二宮尊徳の社《やしろ》へ詣《もう》でるつもりで、その方《ほう》へ歩いて行くと、ある町角で、騒々《そうぞう》しく流して来た法界節《ほうかいぶし》の一行に出会った。

一行は三人だった。四十位の眼の悪い男が琴をならしている。それからその女房らしい女が顔から手から真白に塗り立てて、変に甲高《かんだか》い声を張り上げ張り上げ月琴《げっきん》を弾いていた。もう一人は彼と同年位《おないどし》の女の児で、これも貧相な顔に所斑《ところまだ》らな厚化粧をして、小さい拍子木《ひょうしぎ》を打ち鳴らしながら、泣き叫ぶように唄っていた。

彼はその月琴を弾いている女に魅せられてしまった。女は後鉢巻《うしろはちまき》のために釣り上っている眼を一層釣り上がらすように眼尻と眼頭《めがしら》とに紅をさしていた。そして、薄よごれた白縮緬《ちりめん》の男帯を背中で房々と襷《たすき》に結んでいた。彼はかつてこれほど美しい、これほどに色の白い女を知らなかった。彼はすっかり有頂天《うちょうてん》になってしまった。それから彼は一行の行く所へ何処《どこ》までも従《つ》いて行った。

一行がある裏町の飯屋に入った時には彼は忠実な尨犬《むくいぬ》のように弟の手を引いてその店先に立っていた。

——沖へ沖へ低く延びている三浦半島が遠く薄暮《はくぼ》の中に光った水平線から宙へ浮んで見られた。そして影になっている近くはかえって暗く、岸から五、六間綱を延ばした一艘《そう》の漁船が穏かなうねりに揺られながら舳《へさき》に赤々と火を焚《た》いていた。岸を洗う静かな波音が下の方から聴えて来る。それが彼には先刻《さつき》から法界節の琴や月琴の音《ね》に聞えて仕方なかった。波の音《おと》と聞こうと思えばちょっとの間それは波の音になる。が、丁度睡《ちょうどねむ》い時に覚めていようとしながら、不知夢《いつか》へ引き込まれて行くように波の音は直《す》ぐまた琴や月琴の音《おと》に変って行った。彼はまたその奥にありありと女の肉声を聴いた。何々して「梅ーのーはーなー」こういう文句までが聴き取られるのだ。

「奴《やっこ》さんだよう」こんな事をいって下で両手の指先を合せ、中腰で両膝を開き首を振りながら、二、三度足を前へ挙げた形とか、捨児《すてご》の剣舞で真白く塗った腕をあげて泣く様子、所はげな人形にする頰ずり、それを想い浮べると彼の胸は変に悩ましくなった。

遥か小田原の岸が夕靄《ゆうもや》の中に見返られる。彼は今更に女と自分との隔りを感じた。今頃はどうしている事か。

彼にはあの泣き叫ぶような声を張り上げていた少女の身の上がこの上なく羨《うらや》ましく思われた。しかし彼はその少女にいい感じを持たなかった。彼が飯屋の前に立ち尽していた時に少女は時々悪意を含んだ嶮《けわ》しい眼つきを彼の方へ向けていたが、しまいに男と代る代る酌をしていた女に何かこっちを見い見い告口《つげぐち》をした。彼はヒヤリとした。しかし女は何の興味もなさそうにちょっとこっちを見て、直ぐまた男と話し続けたので、彼はほっとした。

夜が迫って来た。沖には漁火《いさりび》が点々と見え始めた。高く掛っていた半かけの白っぽい月が何時か光を増して来た。が、真鶴まではまだ一里あった。丁度熱海行きの小さい軌道列車が大粒な火の粉を散らしながら、息せき彼らを追い抜いて行った。二台連結した客車の窓からさす鈍いランプの光がチラチラと二人の横顔を照して行った。

少時《しばらく》すると、手を引かれながら一足遅れに歩いていた弟が、

「今日の法界節が乗っていた」とこんな事をいった。彼は自分の胸の動悸《どうき》を聞いた。そして自分もそれをチラリと見たような気がした。汽車は何時か先の出鼻《でばな》を廻って、今は響きも聴えて来なかった。

彼は今更に弟の疲れ切った様子に気がついた。急に可哀想になった。そして、

「くたびれたか」と訊《き》いてみたが、弟は返事をしなかった。彼はまた、

「おぶってやるかネ?」と優しくいった。弟は返事をする代りに顔を反向《そむ》けて遠く沖の方へ眼をやってしまった。弟は何か口を利《き》けば今にも泣き出しそうな気がしたのである。優しくいわれると、なおであった。

「さあ、おんぶしな」彼はこういって手を離し、弟の前に蹲《しゃが》んだ。弟は無言のまま倒れるようにおぶさった。そして泣き出しそうなのを我慢しながら、兄の項《うなじ》に片頰を押し当てると眼をつぶった。

「寒くないか?」

弟はかすかに首を振っていた。

彼はまた女の事を考え始めた。今の汽車に乗っていたのかと思うと彼の空想は生々《いきいき》し

て来た。この先の出鼻の曲り角で汽車が脱線する。そして崖《がけ》から転げ落ちて、女が下の岩角に頭を打ちつけて倒れている有様を彼はまざまざと想い浮べた。彼はまた、不意に道傍《みちばた》からその女の立ち上って来る事を繰り返し繰り返し想像した。彼は実際に女が何処《どこ》かで自分を待っていそうな気がしていた。

弟は何時か背中で眠ってしまった。急に重くなった弟の身体《からだ》を彼は揺り上げ揺り上げして歩いた。段々に苦しくなる。腕が抜けそうになるのを彼は我慢して歩いた。彼はこれを我慢し通さなければ駄目だという気がした。何が駄目なのか自分でも明瞭《はっきり》しなかった。しかしとにかく彼は首を亀の子のように延ばして、エンサエンサという気持で歩いて行った。

やがて、その出鼻へ来たが、其処《そこ》には何事も起っていなかった。そして、それを曲ると彼は突然直ぐ間近に、提灯《ちょうちん》をつけて来るある女の姿を見た。彼ははっとした。同時にその女から声をかけられた。それは余りに彼らの帰りの遅いのを心配して、迎いに来た母親であった。

すっかり寝込んでしまった弟を、彼の背から母親の背へ移そうとすると、弟は眼を覚した。そして、それが母親だと知ると、今まで圧《おさ》え圧えて来た我儘《わがまま》を一時に爆発さして、何かわけの解らぬ事をいって暴れ出した。母親が叱るとなお暴れた。二人は持て余した。彼はふと憶《おも》い出して、自分のかぶっていた水兵帽を取って弟にかぶせてやった。

「ええ、穏順《おとな》しくしろな。これをお前にくれてやるから」こういった。

今はその水兵帽を彼はそれほどに惜《おし》く思わなかった。

あとがき

「小僧の神様」(大正八年十二月)屋台のすし屋に小僧が入って来て一度持ったすしを価《ね》をいわれまた置いて出て行く、これだけが実際自分がその場にいあわせて見た。

「正義派」(大正元年八月)車夫の話から材料を得て書いたもの。

「赤西蠣太《あかにしかきた》」(大正六年八月)伊達騒動《だてそうどう》の講談を読んでいて想いついた。講談ではこの小説の小江《さざえ》が触れれば落ちるという若いおさんどん風の女になっていて、下等な感じで滑稽《こっけい》に使われていたが、私はもしこの女が実は賢い女で赤西蠣太が真面目な人物である事を本統に見抜いていたらばという仮定をして、其処《そこ》に主題を取って書いた。

「母の死と新しい母」(明治四十五年一月)少年時代の追憶をありのままに書いた。一ト晩で素直に書けた。小説中の自分がセンチメンタルでありながら、書き方はセンチメンタルにならなかった。この点を好んでいる。

「清兵衛《せいべえ》と瓢簞《ひょうたん》」(大正元年十二月)これはこれに似た話を尾《お》の道《みち》から四国へ渡る汽船

の中で人がしているのを聴き、書く気になった。

「范《はん》の犯罪」(大正二年九月)　支那人の奇術で、この小説に書いたようなものがあるが、あれでももし一人が一人を殺した場合、過失か故意か分らなくなるだろうと考えたのが想いつきの一つ。ところがそんな事を考えて間もなく、私の近い従弟《いとこ》で、あの小説にあるような夫婦関係から自殺してしまった男があった。私は少し憤慨した心持で、どうしても二人が両立しない場合には自分が死ぬより女を殺す方がましだったというような事を考えた。気持の上で負けて自分を殺してしまった善良な性質の従弟が歯がゆかった。そしてそれに支那人の奇術をつけて書いたのが「范の犯罪」である。

「城《き》の崎《さき》にて」(大正六年四月)　事実ありのままの小説で、鼠《ねずみ》の死、蜂の死、いもりの死、皆その時数日間に実際目撃した事だった。そしてそれから受けた感じは素直にかつ正直に書けたつもりである。いわゆる心境小説というものでも余裕から生れた心境ではなかった。

「好人物の夫婦」(大正六年七月)　メーテルリンクの「智慧と運命」に感心し、愚さから来る誤解や意地張りで悲劇を作る事が如何《いか》に下らないかという事を思い、それから救われる場合の一つとしてこの小説を書いた。

「流行感冒」(大正八年三月）事実をありのままに書いた。この小説の主人公は暴君であるが、手一杯に我儘《わがまま》を振り廻しながらお常に反省しているところがあり、大体に於て女中を赦《ゆる》そうという意志があり、そしてその機会は逃《のが》さず捕えているところに自分は興味を感ずる。子供の病気に対する恐怖心は今から思えば少し非常識であった。この小説の左枝子《さえこ》という娘の前後二児を病気でとられた私はこの子供のためには病的に病気を恐れていたのだ。

「焚火《たきび》」(大正九年三月）前半は赤城山《あかぎさん》で書き、後半は四、五年して我孫子《あびこ》で書いた。

「真鶴《まなづる》」(大正九年八月）湯《ゆ》ヶ原《わら》へ行く軽便鉄道の中から見た兄弟の子供で想いついた。自身の経験からは、同じ年頃に聯隊の軍旗祭を見に行き、下士室で下士連や客に酌《しゃく》をしていた場末の酌婦のような女を非常に美しく感じた事があったので、それを書いた。後年どう考えても、それがそれほど美しい女であるはずはないと思われるのであるが、その時は、その真白に塗った顔が自分にはこの上なく美しく思われた。この記憶を真鶴で見た子供と一緒にした。

解　説

紅野敏郎

この本に収められた短篇小説を発表された年代順に並べかえると、

母の死と新しい母	『朱欒』一九一二年(明治四五)二月
正義派	『朱欒』一九一二年(大正元)九月
清兵衛と瓢箪	『読売新聞』一九一三年(大正二)一月一日
范の犯罪	『白樺』一九一三年(大正二)十月
城の崎にて	『白樺』一九一七年(大正六)五月
好人物の夫婦	『新潮』一九一七年(大正六)八月
赤西蠣太(原題「赤西蠣太の恋」)	『新小説』一九一七年(大正六)九月
流行感冒(原題「流行感冒と石」)	『白樺』(十周年記念号)一九一九年(大正八)四月

小僧の神様　『白樺』一九二〇年(大正九)一月
焚火(原題「山の生活にて」)　『改造』一九二〇年(大正九)四月
真鶴　『中央公論』一九二〇年(大正九)九月

ということになる。最初「岩波文庫」に『小僧の神様 他十篇』として刊行されたとき(昭和三年八月)、『暗夜行路』の「序詞」にあたる「謙作の追憶」が、独立した短篇として採られていたのだが、『暗夜行路』の後篇が完成されたのちは、「赤西蠣太」とさしかえられたのである。志賀直哉の小説が「岩波文庫」に入った最初は、『和解 或る男、其姉の死』(昭和二年十二月)であり、それにつづいて翌年『小僧の神様 他十篇』も文庫のなかに加えられ、九巻本の改造社版『志賀直哉全集』完結後、ただちに『暗夜行路』前篇(昭和十三年三月)、『暗夜行路』後篇(昭和十三年六月)は文庫にされ、さらに『万暦赤絵他二十二篇』(昭和十三年十月)も「岩波文庫」の一冊として採り入れられた。つまり志賀は昭和初期の「岩波文庫」発足当初からの、有力な現代文学の作家ということになる。現代文学の作家でありながら、その作品は不易、「古典」として見なされてきたのである。

とくにこの『小僧の神様 他十篇』は、志賀直哉本人にとっても、大正文学全体を見わたしても、強烈な個性の裏うちのある、ユニークな作品群が並べられていて、そのひしめきあう姿は、格別のものといってよい。発表順に並べかえてみると、これらの作品群は、一九一四年(大正三)から一九一六年(大正五)にかけての三年ほどの休止期を間にはさんで、前期と後期にわかれ、しかも集中的に、砂金のような短篇が生み出されていることがわかる。さらに、「正義派」「清兵衛と瓢簞」「范の犯罪」「赤西蠣太」「小僧の神様」「真鶴」のような客観小説のグループ、「母の死と新しい母」「城の崎にて」「焚火」のような私小説、心境小説のグループ、その中間に位置する「好人物の夫婦」「流行感冒」のようなグループにわけられ、決して単純にしてストレートな、固定した志賀直哉イメージではなく、豊かにして多層的な志賀直哉イメージの創出をこそ認めねばならぬ。しかもそれらの作品群の背後に、「大津順吉」の延長線上のものとして当初構想されていた『暗夜行路』草稿群があり、それが父と子との対立、葛藤を経ての「和解」後の変形された現在の『暗夜行路』となっていく前夜の草稿群もあり、志賀直哉の作家生命のもっとも緊迫した要素をも内部にくろぐろとはらんだ時期であった。「謙作の追憶」は、一九二〇年(大正九)一月の『新潮』誌上であり、その前年の一九一九年(大正八)四月には、『暗夜行路』前篇の末尾にあたる「憐れな男」が『中央公論』誌上に独立の短篇としてすでに発表されてもいたのである。

＊

志賀直哉は彼独自の肉眼、直感でもって、然るべき単行本を編んでいる。一九一三年(大正二)一月刊行の第一創作集の『留女《るめ》』は、「祖母」の「留女《るめ》」に捧げられた。『留女』は総題であって、「留女」という作品があるわけではない。それには「祖母の為に」「鳥尾の病気」「剃刀」「彼と六つ上の女」「老人」「襖」「母の死と新しい母」「クローディアスの日記」「正義派」「濁った頭」の十篇が収録されている。これも発表順ではないし、客観小説と身辺に取材した私小説とが混交している。ここにすでに「母の死と新しい母」と「正義派」が収められていた。二番めの本は、一九一七年(大正六)六月刊行の新潮社の「新進作家叢書」の一冊となった『大津順吉』である。志賀が三年間の休止期を終え、「和解」を書く直前の作品集で、大正期の新進作家として完全に文壇に登録されたときのものである。ここには「大津順吉」「不幸なる恋の話」「憶ひ出した事」「清兵衛と瓢箪」「出来事」「児を盗む話」「母の死と足袋の記憶」の七篇——これらも客観小説と私小説の両方が共存——が収められている。尾崎一雄が早稲田の高等学院時代に、志賀直哉の存在をあまり知らぬ級友に、この「新進作家叢書」の『大津順吉』を幾冊も購入して、これを読め、とすすめた有名な話が残っている。この本は「亡き母」に捧げられている。ここより「清兵衛と瓢簞」のみが「岩波文庫」のほうにまわされた。

第三創作集は、一九一八年(大正七)一月、新潮社刊行のバーナード・リーチ装幀の『夜の光』である。見返しも志賀が住んでいた我孫子の手賀沼の風景がリーチによって描かれていた。これとて総題であり、「夜の光」という作品が書かれていたのではなく、「老人」「襖」「母の死と新しい母」「憶ひ出した事」「クローディアスの日記」「正義派」「出来事」「清兵衛と瓢簞」「范の犯罪」「城の崎にて」「佐々木の場合」「好人物の夫婦」「赤西蠣太」「和解」の十四篇が収録されている。寡作の志賀のこと故、作品の重複が目立つが、そのことを本人はあまり神経質には考えていない。いわゆるべったりの「友達耽溺」の時期、ついで絶交の時期、それが「春の水温む」が如く再びおのずともとの状態にかえり、最後まで交わりのつづいた里見弴の場合、自分の短篇集への重複は、極力避ける方針を貫くべく努めたが、志賀は重複はやむなしと考えていたところがあった。この『夜の光』より発表順にいえば、十一篇のうち七篇が、この「岩波文庫」のほうに採られている。その『夜の光』刊行以降の短篇である「山の生活にて」を改題した「焚火」と「真鶴」と「小僧の神様」と「流行感冒と石」を改題した「流行感冒」の四篇は、一九二一年(大正一〇)二月、春陽堂刊行の『荒絹』に収められている。

一九二二年(大正一一)四月、改造社より「直哉傑作選集」として『寿々《すず》』が刊行された。表題は三女寿々子の名にちなむ。そこには「小僧の神様」「正義派」「謙作の追憶」「母の死と新しい母」「清兵衛と瓢箪」「范の犯罪」「寓居」「城の崎にて」「好人物の夫婦」「流行感冒」「焚火」「真鶴」「和解」の十三篇が収録されたが、「岩波文庫」の『小僧の神様 他十篇』に選ばれたものは、「寓居」「和解」を除けば、この『寿々』収録の短篇群の編成が一番のおおもとになっているといってよかろう。そのプロセスからいっても、「直哉傑作選集」の名の通りの志賀直哉短篇の中核と見られ得るものである。

＊

「母の死と新しい母」と「正義派」は、『白樺』以外の、北原白秋主宰の『朱欒』に発表された作品で、パンの会で知りあった白秋との縁がこれよりはじまった。「正義派」を発表した同年同月の『中央公論』に、中篇の「大津順吉」を一挙に掲げ、それによって原稿料をはじめて得たのだが、志賀直哉が『白樺』の外で、その存在を知らしめるには、この上なきよい広場であった。また志賀はハムレットの立場からでなく、クローディアスの立場より描いた「クローディアスの日記」を「大津順吉」「正義派」と同月の『白樺』に発表してもいた。「大正」と元号があらたまった直後に、志賀としては多産にして多彩な、しかも志賀直哉という個性の刻印の押された作品を発表し、大正文学を代表する小説家として認められはじめたのである。

「母の死と新しい母」は、生母の死の悲しみと義母を迎えた日の少年のういういしい感覚が目に見えるように描かれている。「創作余談」には「少年時代の追憶をありのままに書いた。一ト晩で素直に書けた。小説中の自分がセンチメンタルでありながら、書き方はセンチメンタルにならなかつた。此点を好んでゐる。他人から自身の作品中何を好むかと訊かれた場合、私はよく此短篇をあげた」と述べられている。同時代評のひとつとして、『ホトトギス』誌上(明治四五年三月)で、「臼川」(野上豊一郎)が「いつものサラ〳〵とした胸のすくやうな瀟洒たる筆づかひで、生みの母と若き第二の母を迎へた幼時の喜びと子供の殖へて行くにつれて新しき母も次第に老に赴くといふ淡い悲とが、極めて自然に話されてある。センチメンタルな所が少しも見当らないで、明るいスッキリした内にドキンと何物かに打ツ突かる微かな動揺を与へるやうなものであつた」と発言していた。志賀はこの「新しい母」を「継母」とは書かず、つねに「義母」と書き、この「義母」の挙措動作、心づかいが、のちの「和解」においても、微妙に作用した。また生母については、戦後の段階で、「白い線」を発表している。直哉の兄を幼時のとき亡くしたので、祖母らが直哉を志賀家の大切な息子として、生母よりとりあげ、「おばあちゃん子」として育て、大家族の志賀家のなかで、廊下ふきなど下働きをさせられている姿を思い出し、生母の真の別の悲しみに触れた。この作品の末尾は、続々と異母妹、異母弟が生まれてくるのだが、それが一行ほどで、「生れた」「生れた」とのみ書かれている。こういうそっけないが、剛直な書きぶり、多産の志賀家のありようを『古事記』の記述のようだ、と須藤松雄が評価していた。志賀に対しては、親友広津和郎とは異なり、かなり辛い点をつける宇野浩二が、この「母の死と新しい母」の、とくに「新しい母」を迎えた朝の少年の心理の機微と合体した行為の具体的な部分を指摘し、高く評価している。細部の描写のいきいきした力、それが志賀作品の魅力なのである。

「明治四十五年五月二日」の志賀日記に、

夜少し仕事をした。(興奮といふ題の)

という言葉がある。これが「正義派」につながる重要な鍵の発言である。ついで「五月十七日」には、

「線路工夫」を少し書いて見た。

とあり、さらに「五月二十八日」には、

夜「正義派」の 2nd Impression を書き了《おわ》つた。

とある。「八月十五日」には、

　ザンボアの原稿をひき受けた。「正義派」を書き直して出さうと思つた。

さらに「八月二十五日」に、

　あけ方、とう〳〵正義派を書き上げる。悪い小説とは思はない。

つまり「興奮」「線路工夫」、そして「正義派」へと推移していく間の、完成に至るまでの執拗なねばり。「一ト晩」で一気に書きあげる作品と三か月もかかって完成させる作品。志賀にはこの両者が顕著なかたちであらわれる。「創作余談」には「車夫の話から材料を得て書いたもので、短篇らしい短篇として愛してゐる」とある。「興奮」から「線路工夫」を経て「正義派」に変っていくところに、心理の昂揚とその正義派ぶり、それが時の経過とともに、他の一般の人にはすっと伝わらぬまま、たかぶりが一挙に醒めていく「不快」、それが起承転結の骨法をみごとにふまえ、報われなかった淋しさという一点に凝縮する。

この「正義派」の制作の間に、「十枚書く」「十枚書く」という行為が日記のなかに連続して出て来て、箱根に避暑しながら、遂に「大津順吉」が完成し、その翌日（七月三十日)の日記には、「前日天子様が亡くなられたといふ事を其朝聞く」と出てくる。「クローディアスの日記」も書きあげられる。「九月は三つの雑誌に出すワケである」(八月十五日)と気分は昂揚していたのである。しかもその間に志賀は『白樺』の仲間、かつての学習院時代の仲間らとの交わりも実にさかんに行っていた。天皇の病篤しという報道もあったはずなのに、自己の仕事への執着、友人との交わり、それのみの日々であった。「明治」の「公」意識優先に対しての、「大正」の「私」意識への一貫したこだわり。ここに大正期の文学者、というよりも大正期の青年の一典型が具体的に突出して出てくる。乃木殉死に対しても、『白樺』の人びとは、いささかも感動せず、馬鹿げたこと、という反応しかしていない。

「清兵衛と瓢簞」については、「創作余談」に「これに似た話を尾の道から四国へ渡る汽船の中で人がしてゐるのを聴き、書く気になつた。材料はさうだが、書く動機は自分が小説を書く事に甚だ不満であつた父への私の不服」であったと述べているように、父より「小説などを書いてゐて、全体どういふ人間になるつもりだ」と言われていたのである。福沢諭吉の慶應を出て、銀行員その他変転しつつ、実業家として成功者になっていった父直温《なおはる》の眼から見れば、虚業ともいうべき文学者の存在は、無視に等しかった。

『留女』出版の費用五百円の件で、父とも争ったりしている。その『留女』の刊行も「大正二年一月一日」、「清兵衛と瓢箪」も同日の『読売新聞』の「文芸欄」に掲載されていた。世の中の一般的な常識や権威に一切とらわれず、自己の肉眼、自己の直感のみで、真の美を発見するひたむきな子供の清兵衛に対して、彼の母も父も、学校の教師も、周辺の大人たちも、ひとつの物差し、世のしきたりでのみしか判断出来ぬぶざまさ。それがいきいきと描かれ、尾道弁の会話にもユーモアが漂っている。子供の伸びようとする個性、才能を押しつぶすのが大人だという風景は、現代の家庭教育、学校教育のなかでも、そのまま該当する。「創作余談」で語られている、父の好きな馬琴は「下らない小説家」であり、『八犬伝』は「団十郎の円塚山《まるづかやま》」のくだりのみしか知らない、という志賀の発言には、いかにも志賀らしいと思うが、馬琴のスケールの大きい構想力を勧善懲悪のお化けとのみ見なしては、小説としての魅力をも流産させてしまう。不和の直接の対象となる俗悪な父かも知れぬが、『八犬伝』好きの父をバネにして、もうひとつ別の父のイメージが造型されなかったのも、志賀直哉の限界と見てよかろう。

「范の犯罪」は、初期志賀文学の自我拡張のピークを示す作品である。のち小林秀雄が、中原中也、長谷川泰子、そして自身との関係で、神経をすりへらし、奈良に住んでいた志賀を訪れ、その精気に触れることでよみがえり、文芸評論家として新鮮な出発をとげたときに、「志賀直哉」についての力強い一文を発表した。そのなかではとくに「范の犯罪」を支持し、核心となる部分を明白に引用する。「右顧左顧《とみこうみ》」「きょときょと」とした「中ぶらりんな、うじうじとした」生活、それは「范」の生活でもあるが、志賀自身の日常と尾道体験の内部風景でもあった。友人とも離れ、肉親とも離れ、孤独に耐えて、仕事する、と決意しつつも、自己確立の確乎たるものはまだつかめず、構想していた長篇も進展せず、という状況にいたのである。「若い支那人の奇術師」の「范」が、演芸中に「出刃庖丁のナイフ」で、妻の頸動脈を切断した不意の事件が生じ、捕えられた「范」と現場の座長、「范」の助手、最後に裁判官との質問と返答という構成となっているが、実際の裁判のありようを具体的に描くのではなく、「范」と「妻」との不和――「妻」と「従兄」との関係、赤児の「早産」もからむ――、そこより「故意の業」か、無意識の「過ちの出来事」か、ということが問題になってくる。妻との関係は「プスプスと醜く燻《いぶ》って」「中毒」しそうな毎日。志賀はそういう心理を、

それ位なら、何故殺してしまわないのだ。殺した結果がどうなろうとそれは今の問題ではない。牢屋へ入れられるかも知れない。しかも牢屋の生活は今の生活よりど

の位いいか知れはしない。その時はその時だ。その時に起ることはその時にどうにでも破ってしまえばいいのだ。破っても、破っても、破り切れないかも知れない。しかし死ぬまで破ろうとすればそれが俺の本統の生活というものになるのだ。

と書きさる。ここを小林は引用し、「その時はその時」「破っても、破っても……」「俺の本統の生活」という「范」の声は、志賀自身のダラダラとつづく友人関係、里見弴との「君と私と」をめぐってのトラブル、生活のデカダンス、父との不和　それらからの真の脱出をめざす声とピタリと重なりあう。明治末期の志賀日記には、「人間は――少なくも自分は自分にあるものを生涯かゝつて掘り出せばいゝのだ。自分にあるものをmineする。これである」(明治四五年三月七日)、「自分の自由を得る為めには他人をかへりみまい。而して自分の自由を得んが為めに他人の自由を尊重しやう。他人の自由を尊重しないと自分の自由をさまたげられる。二つが矛盾すれば、他人の自由を圧しやうとしやう」(明治四五年三月十三日)、「自分は若しかしたら一人にならうと思ふ。自分は今は感情からいつて、総てを破クワイ的に悪意に見ないではゐられない。殊に友達関係で左うである。自分は友達を離れなければ自分の感情のまゝの心持になれない。半パな不快に堪えられない」(明治四五年五月三十日)というような言葉がさかんに出てくる。

山の手の富裕な階層、「お坊っちゃん」育ちの環境、なんでもスイスイと自由に闊達にコトをなすことの出来る志賀直哉、という安易なイメージで彼を捉えてはならぬ。そういう部分もあるが、不安で、暗い、暗いトンネルをくぐっていかねばならぬ時期があったのである。

肉親は出席してくれず、友達のみが立ちあった康子《さだこ》夫人との新婚生活においても、「僕は今表面には新婚者らしい浮かれ気分もあるが、その奥には静かな憂鬱がある」と赤城から里見弴に送った手紙のような心の内部風景、それはやがてのちの「焚火」などで、高度な芸術的結晶度を見せる。

休止期、これが志賀文学の展開のなかで、幾度か訪れる。出ずっ張りということは、文学者の場合、ジャーナリズムのとりこになることで、大切なものを失ってしまいがちとなる。休止期三年ののち、「城の崎にて」よりはじまる、イライラを脱却した次の作品活動に入っていく。父との長い間の不和が、一挙に解決した年に、「城の崎にて」「好人物の夫婦」「赤西蠣太」、そして「和解」が書かれる。「城の崎にて」の発端は、志賀日記によれば、「蜂の死と鼠の竹クシをさゝれて川へなげ込まれた話を書きかけてやめた」「これは長篇の尾道に入れるつもりにした」(大正二年十月三十日)、「岩の上のやもりに石を投げたら丁度頭に当つて一寸尻尾を逆立て、横へ這つたぎりで死んで了つた、(夕方の山道の流れのワきで)」(大正二年十月三十一日)という城の崎での記事よりはじまる。志賀の場合、作品が完成するまで、相当な時間を必要とすることが多い。「長篇の尾道」は、「暗夜行路」草稿のひとつと思えるが、それは実際には書かれず、「城の崎にて」のほうで結実する。「城の崎にて」の草稿「いのち」が残っていて、この草稿と「城の崎にて」と比べてみると、その描写、生と死についての認識の深度には大いなる差異が見られる。その草稿は松屋製原稿用紙で十三枚。冒頭は「昨年の八月十五日の夜、一人の友と芝浦の涼みにいつた帰り、線路のワキを歩いてゐて不注意から自分は山の手線の電車に背後から二間半程ハネ飛ばされた。脊骨をひどく打つた。頭を石に打ちつけて切つた。切口は六分程だつたが、それがザクロのやうに口を開いて、下に骨が見えてゐたといふ事である」と書かれている。志賀の「年譜」でいえば、「大正二年」の項にある「八月十五日、「出来事」脱稿。夜、里見弴と散歩に出、山の手線の電車にはねられて重傷を負い、芝区愛宕下の東京病院に入院。二十七日、退院」にあたる。従ってこの草稿「いのち」は翌「大正三年」執筆のものといえる。「出来事」は「正義派」の口なおしのような短篇で、夏の暑いさなか、乗客がぐったりしているとき、不意に子供が電車に轢かれかけたが、偶然にも助かり、一同喜ぶ、という作品である。その「出来事」脱稿の日に、こんどは自分が電車にひかれ、怪我はしたが、ともかく助かった、という偶然が重なって出てくる。「いのち」のほうでも、「自分は自分が子供の助かつた事を書いて置いたが故に自分も助かつたやうに思はれてならなかつた」とある。さらに退院後の「新聞記事」に、浅草の厩橋の近くで、八十何歳かの祝いをやったばかりの老人が電車に偶然はねられ、病院に運び込まれたが、間もなく死んだと書かれていた。老人のは最大限の不幸、自分のは最小限の災難、それで「生命に対する執着の力」のようなものを感ぜずにはいられなかったという。偶然のつみ重ねと、生命に対する執着力、それは草稿「いのち」ではまだ十分な消化作用が行われず、ナマのかたちのままであったが、三年経ての「城の崎にて」では、「蜂」と「鼠」と「蠑螈《いもり》」という小動物を凝視することとその生と死に対しての感慨が、昇華し、結実した作品として私たちの前に提出されたのである。この三つの小動物の生と死は、角度、視点を変えての変奏曲を奏でている。志賀没後早々の菊判の岩波書店の全集、さらに最近の四六判の全集の補巻の草稿の巻を見ていただくと、草稿「いのち」と「城の崎にて」との芸術的な完成度の差異は実に明らかに伝わってくる。休止期の三年の歳月のなかで、猪武者的な「大津順吉」のときとはまったく異なった、肉体の底からにじみ出る、生と死に対しての、静かさと淋しみと「動騒」(鼠)と親しみの融合した作品になり得ている。「いのち」という抽象的な題名が、「城の崎にて」という具体的な地方の町にひろがり、生きていることと、死んでしまったこととは、両極ではなかった、という認識に深まっていく。「城の崎にて」のさらなる深化、拡大版が、『暗夜行路』だ、という本多秋五の発言も、私には首肯出来る。父と子との「和解」が、その事実の喜びによって、一気呵成《いっきかせい》に書かれたのだが、その数か月前の段階で、こういう「城の崎にて」が発表されていること自体、「和解」へのうごめきは始まっていたといってもよかろう。谷川俊太郎が、菊判の志賀全集の月報に、「Detail は真理であるがホールは誤ビヨオを多く含むと思ふ」という志賀日記(明治四四年一月十日)の一節を掲げた詩一篇の末尾に、「志賀さんに二人称で呼びかける資格は私にはない。しかし、三人称で書いてみると、それも私の気持にしっくりしなかった。直接お会いしたことがあるからというだけではなく、書かれた文章を読んでいても、私には志賀さんに対して親しみと言うのがいちばんふさわしい感情がわく。私もこんな風に書ければいいな、いつも私はそう思う。小説とか随筆とか詩とかの区別がどうでもいいように感じられ、そんな時私の心の中にあるのは、志賀さんの才能に対する畏敬ではなくて、志賀さんの生きかたに対する共感である」と書いていた。

同じ全集の月報で、辻邦生のような人ですら「漱石、鷗外の散文の見事さもさることながら、その詩的完璧さと清澄度において、志賀直哉の散文は一つの頂点を形づくっている。私は自らの文章を学ぶため、中学の頃、志賀直哉の作品のある部分は何度か筆写した。そして最後には「自分は……で弱つた」というような独特なリズムが乗りうつって、それこそ弱ったことがある」「志賀直哉の文章を筆写しながら私が自らに同化させていったものは――あるいは、私のなかから掘り起したものは――物を正確に見る視線であった。むろん子供と呼んでいい私に、志賀文学の深さがわかるはずはなかったが、物の形、色、動きを、それこそ純粋な視覚になったようにして追ってゆく志賀直哉の澄んだ眼ざしに、私は、生理的なよろこびを味わっていたのは事実だったと思う」と述べていた。

「好人物の夫婦」の冒頭の一節。

深い秋の静かな晩だった。沼の上を雁が啼いて通る。細君は食台の上の洋燈《ランプ》を端の方に引き寄せてその下で針仕事をしている。良人はその傍《そば》に長々と仰向けに寝ころんで、ぼんやりと天井を眺めていた。二人は永い間黙っていた。

も幾人もの人が筆写したと語っていた。「深い秋」という言葉ひとつでも、他の人では使いこなせない語である。我孫子の手賀沼の風景が目に浮かぶ。この作品の夫婦の会話には、落ちついた、滋味がにじみ出ている。かつてのイライラした不快の感情は、どこにも見られない。「創作余談」にはメーテルリンクの『智慧と運命』の刺激を受け、「愚さから来る誤解や意地張りで悲劇を作る事」のくだらなさより「救はれる場合」のひとつとしてこれを書いたと述べられている。大正文学の古典的評論ともいうべき広津和郎の『作者の感想』に収められた「志賀直哉論」のなかで、志賀文学の特質を適確に指摘した末尾に、この「好人物の夫婦」をとりあげ、現在の志賀が、このようにおだやかな「炉辺」の「幸福」に安住しないことを望むと書いていた。

「赤西蠣太」についての「創作余談」には「伊達騒動の講談を読んでゐて想ひついた」とある。この小説は、志賀日記の「大正二年九月四日」に「「仁兵ヱの初恋」を書いた」とある。この講談の典拠を博文館発行の『文芸倶楽部』を繰って町田栄がつきとめている。伊丹万作監督、片岡千恵蔵主演の映画「赤西蠣太」を中学に入ったはじめに観て、きわめて興味深く思い、小説はのちになって読んだが、それが私の志賀文学への接近の発端である。普通のチャンバラ映画とは異なったおっとりしたユーモアがあり、「間者」

の人間味がにじみ出ていた。蠣太のみならず、人物に魚にちなんだ名がつけられていて、「醜男」の彼とは対照的な、二枚目の銀鮫鱒次郎、按摩の安甲(この役がなんと上山草人であった)、艶書を受けとった、聡明な小江などに存在感があり、伊達騒動が思いがけぬ視点から描き出されていた。間者と醜男と魚の名前、この組みあわせが伊達騒動外伝のひとつとなり、しかも歴史の新解釈というような、さかしらなことを退け、あたたかい、親しみの持てる作品にしあがっている。

「流行感冒」も「好人物の夫婦」と同じく我孫子時代の志賀家のありようが鮮明に描かれている。我孫子は当時でいえば上野から汽車で二時間はたっぷりかかるが、決して遠いところではなく、柳宗悦からはじまり、志賀、武者小路、さらにバーナード・リーチなどが住みつき、一種の『白樺』文化村の雰囲気が漂ってもいた。志賀は文壇のなかに好んで入り込む気質ではなく、みずからの出版記念会も開かなければ(芥川は第一創作集『羅生門』の出版記念会をはなやかに開いている)、文壇の行事などに出むくことなどはしなかった。この東京に遠からず、近からず、という我孫子という場が、作品の制作にはピッタリともいえるところであった。居は気を移す、という言葉の通り、志賀は幾度も転居しつつ、その場、その場で、印象に残る名作をおのずと生み出す名人でもあった。志賀の周辺人物の重要な一人となる滝井孝作が、編集者として、志賀に近づき、この我孫子に住みついてもいる。

「小僧の神様」について、「創作余談」では「屋台のすし屋に小僧が入つて来て一度持つたすしを価《ね》をいはれ又置いて出て行く、これだけが実際自分が其場に居あはせて見た事である。此短篇には愛着を持つてゐる」と書かれている。

ノーブルな志賀とよく言われるが、志賀の作品には、「正義派」の線路工夫、仙吉のような庶民がしばしば登場する。「清兵衛と瓢箪」の主人公をはじめ少年を描いた作品もきわめて多い。「真鶴」にしても同様である。「神田のある秤屋《はかりや》の店」に「奉公」している仙吉の置かれている立場、その心理と行為、それが目に見えるようにくっきりと描き出されている。同時に志賀を思わせる人物の、よいことをしたのに、あとで起る一種の淋しい感じ、そこに力点もおかれていた。鮨をそっとおごられた立場の仙吉の、鬱屈した心情も、その裏側に透かして見えてくる。この作品に登場する「細君」は、「好人物の夫婦」と同じく、ひかえめのようで、ユーモアに富んだ、快活な要素のある、魅力ある女性で、まぎれもなく康子夫人の投影である。

「焚火」については「前半は赤城山で書き、後半は四五年して我孫子で書いた。書いた時には如何にも書き足りない気がして止めて了った。然し四五年して読むと案外書けてゐるやうに思はれ、後半をつけ、雑誌に出した」「今では自分でも好きなものの一つ」と「創作余談」に書かれている。一九一四年(大正三)、康子夫人と結婚、京都、鎌倉でしばらく住み、ついで赤城での生活がはじまる。昼間は「妻」も木登りをする。「四方の山々は蠑螈《いもり》の背のように」黒々とした赤城の湖の近くでの生活、快活で、親愛に満ちた人びととの会話と行動、神秘的な雰囲気、Kさん母子の信じあった偶然の物語を挿入し、作品の底には純粋な詩精神が漂う。深い、静かな、沈潜の美が内に秘められている。芥川竜之介がのちこの「焚火」に脱帽、ここに存する東洋的詩精神の充実に感動の声を放ったのもむべなるかなである。自然と人間と神秘とのおのずからの融和と統合がここに見られる。

「真鶴」については、「創作余談」では「湯ヶ原へ行く軽便鉄道の中から見た兄弟の子供で想ひついた」とある。この「真鶴」の草稿ともいえるものが木下利玄の御遺族咊子《たかこ》さんのお宅から出てきた。咊子さんの依頼を受け、利玄関係の草稿、日記、書簡の類を整理してみたら、利玄自身の『白樺』前史にあたる回覧雑誌(各自のもとにもどされた)のなかに、志賀の「小説清兵衛(梗概)」と題した一篇がまぎれ込んでいた。末尾に明治

「四二、十二月廿二日」「於湯河原」と執筆年月日が書かれている。内容を読むと、それが「真鶴」の草稿とわかった。志賀の場合は、「網走まで」はじめ多くの草稿が残されていたのだが、「真鶴」もまた『白樺』前史の一篇だったのである。主人公には「清兵衛」という漁師の長男の名がつけてあるが、弟と妹もいる。白粉《おしろい》をつけ、月琴を弾いている法界節の女性も出てくる。その「梗概」は岩波版の四六判の新しい全集（補巻の未定稿の巻に挿入）で読んでいただきたいが、まさにあら筋、「梗概」のみであって、「真鶴」のようなみごとな短篇小説に昇華してはいない。「伊豆半島の年の暮だ。日が入って風物総《すべ》てが青味を帯びて見られる頃だった」という冒頭の一節のみで、場所と季節と時間の推移と雰囲気が、簡潔でひきしまった文章のため、一瞬にして臨場感が漂ってくる。小道具の「水兵帽」まで、小道具以上の働きを演ずる。それにしても「真鶴」として完成するまで、なんという長い歳月がかかっていることか。谷崎潤一郎寄りで、志賀にはきびしいドナルド・キーンまでが、志賀の短篇ではこの「真鶴」、と称賛している。自然描写と少年の心理と行動の一体感、それは内なる自然と外なる自然の合体といってもよい。二十数年も前になるであろうか、「夜が迫って来た。沖には漁火《いさりび》が点々と見え始めた。高く掛っていた半かけの白っぽい月が何時か光を増して来た。が、真鶴まではまだ一里あった……」という部分の、この「が」をめぐって、京都大学の国語の入学試験の問題に、採りあげられていたのを私は覚えている。

志賀直哉略年譜

一八八三(明治一六)年
二月二〇日、宮城県石巻に、第一銀行石巻支店勤務志賀直温《なおはる》の次男として生まれる。
一八八五(明治一八)年　二歳
東京麴町区内幸町の祖父母の家に移る。
一八九五(明治二八)年　一二歳
八月、母銀死去。九月、学習院中等科に進む。秋、父直温、高橋浩《こう》と再婚。
一九〇一(明治三四)年　一八歳
初めて角筈《つのはず》の内村鑑三の第二回夏期講談会に出席、以後七年間その教えに接する。足尾鉱毒被害地視察を計画し、父と衝突。
一九〇三(明治三六)年　二〇歳
九月、学習院高等科に進む。
一九〇六(明治三九)年　二三歳

一月、祖父直道死去。九月、東京帝国大学文科大学英文科に入学。

一九〇八(明治四一)年　二五歳

武者小路実篤・木下利玄・正親町公和《おおぎまちきんかず》と回覧雑誌『暴矢』(のち『望野』)を始め、「網走まで」「速夫の妹」などを書く。

この年、内村鑑三の許を去る。

一九一〇(明治四三)年　二七歳

四月、武者小路実篤・里見弴・有島武郎らと同人雑誌『白樺』を創刊。

一九一二(明治四五・大正元)年　二九歳

二月、「母の死と新しい母」を『朱欒《ザンボア》』に、九月、「大津順吉」を『中央公論』に、「正義派」を『朱欒』に発表。

この年の秋、家を出て尾道に移り住む。

一九一三(大正二)年　三〇歳

一月、第一短篇集『留女《るめ》』を刊行。「清兵衛と瓢簞」を『読売新聞』に発表。

八月、山の手線の電車にはねられ重傷を負い、一〇月、養生のため城崎温泉に赴く。

一〇月、「范の犯罪」を『白樺』に発表。

一九一四(大正三)年　三一歳

五月、松江に移り、次いで九月、京都に移る。一二月、勘解由小路《かでのこうじ》康子《さだこ》と結婚。
一九一五(大正四)年　三二歳
五月、群馬県赤城山に住み、次いで九月、千葉県我孫子《あびこ》に移る。
一九一七(大正六)年　三四歳
五月、「城の崎にて」を『白樺』に発表。六月、新進作家叢書の一冊として『大津順吉』刊行。八月、「好人物の夫婦」を『新潮』に、九月「赤西蠣太」(原題「赤西蠣太の恋」)を『新小説』に発表。
父との長年の不和が解け、一〇月、「和解」を『黒潮』に発表。
一九一八(大正七)年　三五歳
一月、バーナード・リーチの装幀で『夜の光』を刊行。
一九一九(大正八)年　三六歳
四月、「流行感冒」(原題「流行感冒と石」)を『白樺』に発表。
一九二〇(大正九)年　三七歳
一月、「小僧の神様」を『白樺』に発表。同月、「或る男、其姉の死」(原題「或る男と其姉の死」)を『大阪毎日新聞』に連載(三月まで)。四月、「焚火」(原題「山の生活にて」)を『改造』に、九月、「真鶴」を『中央公論』に発表。

一九二一(大正一〇)年　　三八歳
一月、「暗夜行路」前篇を『改造』に連載(八月まで)。二月、短篇集『荒絹』を刊行。八月、祖母留女死去。
一九二二(大正一一)年　　三九歳
一月、「暗夜行路」後篇の連載開始。四月、短篇集『寿々《すず》』、七月、『暗夜行路』前篇を刊行。
一九二三(大正一二)年　　四〇歳
三月、京都市上京区粟田口に移転。八月、『白樺』を廃刊。
一九二五(大正一四)年　　四二歳
四月、奈良市に移転(一九二九年、奈良市上高畑に新築)。同月、短篇集『雨蛙』を刊行。
一九二六(大正一五・昭和元)年　　四三歳
六月、美術図録『座右宝《ざうほう》』を編纂、刊行。
一九二九(昭和四)年　　四六歳
二月、父直温死去。
一九三一(昭和六)年　　四八歳
一二月から翌年にかけて、改造文庫版『志賀直哉全集』全八巻を刊行。

一九三六(昭和一一)年　　五三歳
一一月、短篇集『万暦赤絵』を刊行。
一九三七(昭和一二)年　　五四歳
四月、断続していた連載「暗夜行路」を完結。九月、改造社より『志賀直哉全集』全九巻の刊行開始。
一九三八(昭和一三)年　　五五歳
四月、奈良を引き揚げ、東京淀橋区諏訪町に転居。
一九四二(昭和一七)年　　五九歳
七月、短篇集『早春』を刊行。
一九四九(昭和二四)年　　六六歳
一一月、文化勲章受章。
一九五一(昭和二六)年　　六八歳
二月、短篇集『山鳩』を刊行。
一九五二(昭和二七)年　　六九歳
五月、梅原竜三郎・柳宗悦・浜田庄司らと渡欧(八月帰国)。
一九五五(昭和三〇)年　　七二歳

五月、東京都渋谷区常盤松に家を新築して転居。
六月、岩波書店より新書判『志賀直哉全集』全一七巻の刊行開始。
一九六〇(昭和三五)年　七七歳
九月、随想・小品・談話集『夕陽』を刊行。
一九六九(昭和四四)年　八六歳
三月、短篇・随想集『枇杷の花』を刊行。
一九七一(昭和四六)年　八八歳
一〇月二一日、逝去。

〔編集付記〕

一、底本には、『志賀直哉全集』第二・三巻（一九九九年一・二月、岩波書店刊）を用いた。

一、左記の要項に従って表記がえをおこなった。

岩波文庫（緑帯）の表記について

近代日本文学の鑑賞が若い読者にとって少しでも容易となるよう、旧字・旧仮名で書かれた作品の表記の現代化をはかった。そのさい、原文の趣をできるだけ損なうことがないように配慮しながら、次の方針にのっとって表記がえをおこなった。

(一) 旧仮名づかいを現代仮名づかいに改める。ただし、原文が文語文であるときは旧仮名づかいのままとする。

(二) 「常用漢字表」に掲げられている漢字は新字体に改める。

(三) 漢字語のうち代名詞・副詞・接続詞など、使用頻度の高いものを一定の枠内で平仮名に改める。

(四) 平仮名を漢字に、あるいは漢字を別の漢字にかえることは、原則としておこなわない。

(五) 振り仮名を次のように使用する。

(イ) 読みにくい語、読み誤りやすい語には現代仮名づかいで振り仮名を付す。

(ロ) 送り仮名は原文どおりとし、その過不足は振り仮名によって処理する。

例、明に→明《あきらか》に

（岩波文庫編集部）

小僧《こぞう》の神様《かみさま》 他十篇

1928 年 8 月 25 日　第 1 刷発行
2002 年 10 月 16 日　改版第 1 刷発行
2019 年 6 月 5 日　第 24 刷発行

作　者　志賀直哉《しがなおや》

発行者　岡本 厚

発行所　株式会社 岩波書店
〒101-8002 東京都千代田区一ツ橋 2-5-5

案内 03-5210-4000　営業部 03-5210-4111
文庫編集部 03-5210-4051
https://www.iwanami.co.jp/

印刷・三陽社　カバー・精興社　製本・中永製本

ISBN 4-00-310462-5　　Printed in Japan

読書子に寄す

――岩波文庫発刊に際して――

岩波茂雄

真理は万人によって求められることを自ら欲し、芸術は万人によって愛されることを自ら望む。かつては民を愚昧ならしめるために学芸が最も狭き堂宇に閉鎖されたことがあった。今や知識と美とを特権階級の独占より奪い返すことはつねに進取的なる民衆の切実なる要求である。岩波文庫はこの要求に応じそれに励まされて生まれた。それは生命ある不朽の書を少数者の書斎と研究室とより解放して街頭にくまなく立たしめ民衆に伍せしめるであろう。近時大量生産予約出版の流行を見る。その広告宣伝の狂態はしばらくおくも、後代にのこすと誇称する全集がその編集に万全の用意をなしたるか。千古の典籍の翻訳企図に敬虔の態度を欠かざりしか。さらに分売を許さず読者を繋縛して数十冊を強うるがごとき、はたしてその揚言する学芸解放のゆえんなりや。吾人は天下の名士の声に和してこれを推挙するに躊躇するものである。このときにあたって、岩波書店は自己の責務のいよいよ重大なるを思い、従来の方針の徹底を期するため、すでに十数年以前より志して来た計画を慎重審議この際断然実行することにした。吾人は範をかのレクラム文庫にとり、古今東西にわたって文芸・哲学・社会科学・自然科学等種類のいかんを問わず、いやしくも万人の必読すべき真に古典的価値ある書をきわめて簡易なる形式において逐次刊行し、あらゆる人間に須要なる生活向上の資料、生活批判の原理を提供せんと欲する。この文庫は予約出版の方法を排したるがゆえに、読者は自己の欲する時に自己の欲する書物を各個に自由に選択することができる。携帯に便にして価格の低きを最主とするがゆえに、外観を顧みざるも内容に至っては厳選最も力を尽くし、従来の岩波出版物の特色をますます発揮せしめようとする。この計画たるや世間の一時の投機的なるものと異なり、永遠の事業として吾人は微力を傾倒し、あらゆる犠牲を忍んで今後永久に継続発展せしめ、もって文庫の使命を遺憾なく果たさしめることを期する。芸術を愛し知識を求むる士の自ら進んでこの挙に参加し、希望と忠言とを寄せられることは吾人の熱望するところである。その性質上経済的には最も困難多きこの事業にあえて当たらんとする吾人の志を諒として、その達成のため世の読書子とのうるわしき共同を期待する。

昭和二年七月

《日本文学(現代)》〔緑〕

怪談 牡丹燈籠	三遊亭円朝
真景累ヶ淵	三遊亭円朝
塩原多助一代記	三遊亭円朝
小説神髄	坪内逍遥
当世書生気質	坪内逍遥
役の行者	坪内逍遥
桐一葉・沓手鳥孤城落月	坪内逍遥
ウィタ・セクスアリス	森鷗外
青年	森鷗外
雁	森鷗外
山椒大夫・高瀬舟 他四篇	森鷗外
渋江抽斎	森鷗外
舞姫・うたかたの記 他三篇	森鷗外
ファウスト 全二冊	森林太郎訳
みれん	シュニッツラー 森鷗外訳
うた日記	森鷗外
森鷗外 椋鳥通信 全三冊	池内紀編注
浮雲	二葉亭四迷 十川信介校注
平凡 他六篇	二葉亭四迷
其面影	二葉亭四迷
今戸心中 他二篇	広津柳浪
河内屋・黒蜴蜓 他一篇	広津柳浪
野菊の墓 他四篇	伊藤左千夫
漱石文芸論集	磯田光一編
吾輩は猫である	夏目漱石
坊っちゃん	夏目漱石
草枕	夏目漱石
虞美人草	夏目漱石
三四郎	夏目漱石
それから	夏目漱石
門	夏目漱石
彼岸過迄	夏目漱石
行人	夏目漱石
こころ	夏目漱石
硝子戸の中	夏目漱石
道草	夏目漱石
明暗	夏目漱石
思い出す事など 他七篇	夏目漱石
文学評論 全二冊	夏目漱石
夢十夜 他二篇	夏目漱石
漱石文明論集	三好行雄編
倫敦塔・幻影の盾 他五篇	夏目漱石
漱石日記	平岡敏夫編
漱石書簡集	三好行雄編
漱石俳句集	坪内稔典編
漱石・子規往復書簡集	和田茂樹編
文学論 全二冊	夏目漱石
坑夫	夏目漱石
漱石紀行文集	藤井淑禎編
二百十日・野分	夏目漱石

五重塔　幸田露伴
運命 他一篇　幸田露伴
努力論　幸田露伴
幻談・観画談 他三篇　幸田露伴
連環記 他一篇　幸田露伴
天うつ浪 全二冊　幸田露伴
子規句集　高浜虚子選
病牀六尺　正岡子規
子規歌集　土屋文明編
墨汁一滴　正岡子規
仰臥漫録　正岡子規
歌よみに与ふる書　正岡子規
俳諧大要　正岡子規
獺祭書屋俳話・芭蕉雑談　正岡子規
金色夜叉 全二冊　尾崎紅葉
三人妻　尾崎紅葉
不如帰　徳冨蘆花

謀叛論 他六篇 日記　徳冨健次郎 中野好夫編
北村透谷選集　北村透谷 勝本清一郎校訂
武蔵野　国木田独歩
愛弟通信　国木田独歩
蒲団・一兵卒　田山花袋
田舎教師　田山花袋
東京の三十年　田山花袋
藤村詩抄　島崎藤村自選
破戒　島崎藤村
春　島崎藤村
千曲川のスケッチ　島崎藤村
桜の実の熟する時　島崎藤村
新生 全二冊　島崎藤村
夜明け前 全四冊　島崎藤村
藤村文明論集　十川信介編
藤村随筆集　十川信介編
にごりえ・たけくらべ　樋口一葉

大つごもり・十三夜 他五篇　樋口一葉
高野聖・眉かくしの霊　泉鏡花
歌行燈　泉鏡花
夜叉ケ池・天守物語　泉鏡花
草迷宮　泉鏡花
春昼・春昼後刻　泉鏡花
鏡花短篇集　川村二郎編
日本橋　泉鏡花
婦系図 全二冊　泉鏡花
外科室・海城発電 他五篇　泉鏡花
鏡花随筆集　吉田昌志編
化鳥・三尺角 他六篇　泉鏡花
鏡花紀行文集　田中励儀編
俳諧師・続俳諧師　高浜虚子
泣菫詩抄　薄田泣菫
有明詩抄　蒲原有明
上田敏全訳詩集　山内義雄 矢野峰人編

赤彦歌集	斎藤茂吉・久保田不二子選
宣言	有島武郎
小さき者へ・生れ出ずる悩み	有島武郎
一房の葡萄 他四篇	有島武郎
寺田寅彦随筆集 全五冊	小宮豊隆編
柿の種	寺田寅彦
与謝野晶子歌集	与謝野晶子自選
入江のほとり 他一篇	正宗白鳥
つゆのあとさき	永井荷風
濹東綺譚	永井荷風
荷風随筆集 全二冊	野口冨士男編
摘録 断腸亭日乗 全二冊	永井荷風・磯田光一編
すみだ川・新橋夜話 他一篇	永井荷風
あめりか物語	永井荷風
ふらんす物語	永井荷風
煤煙	森田草平
斎藤茂吉歌集	山口茂吉・柴生田稔・佐藤佐太郎編
桑の実	鈴木三重吉
小鳥の巣	鈴木三重吉
千鳥 他四篇	鈴木三重吉
小僧の神様 他十篇	志賀直哉
万暦赤絵 他二十二篇	志賀直哉
暗夜行路 全二冊	志賀直哉
志賀直哉随筆集	高橋英夫編
高村光太郎詩集	高村光太郎
白秋愛唱歌集	藤田圭雄編
北原白秋歌集	高野公彦編
北原白秋詩集 全二冊	安藤元雄編
フレップ・トリップ	北原白秋
大石良雄・笛	野上弥生子
野上弥生子随筆集	竹西寛子編
お目出たき人・世間知らず	武者小路実篤
友情	武者小路実篤
釈迦	武者小路実篤
銀の匙	中勘助
犬 他一篇	中勘助
中勘助詩集	谷川俊太郎編
若山牧水歌集	伊藤一彦編
新編 みなかみ紀行	若山牧水・池内紀編
木下杢太郎詩集	河盛好蔵選
新編 百花譜百選	木下杢太郎画・前川誠郎編
新編 啄木歌集	久保田正文編
ISIKAWA TAKUBOKU ROMAZI NIKKI (啄木・ローマ字日記)	石川啄木・桑原武夫編訳
時代閉塞の現状・食うべき詩 他十篇	石川啄木
蓼喰う虫	谷崎潤一郎・小出楢重画
春琴抄・盲目物語	谷崎潤一郎
吉野葛・蘆刈	谷崎潤一郎
卍(まんじ)	谷崎潤一郎
幼少時代	谷崎潤一郎
谷崎潤一郎随筆集	篠田一士編
多情仏心 全二冊	里見弴

文章の話	里見弴
今年竹 全二冊	里見弴
萩原朔太郎詩集	三好達治選
郷愁の詩人 与謝蕪村	萩原朔太郎
猫町 他十七篇	萩原朔太郎 清岡卓行編
恩讐の彼方に・忠直卿行状記 他八篇	菊池寛
父帰る・藤十郎の恋 菊池寛戯曲集	石割透編
春泥・花冷え	久保田万太郎
室生犀星詩集	室生犀星自選
或る少女の死まで 他二篇	室生犀星
犀星王朝小品集	室生犀星
出家とその弟子	倉田百三
愛と認識との出発	倉田百三
神経病時代・若き日	広津和郎
羅生門・鼻・芋粥・偸盗	芥川竜之介
地獄変・邪宗門・好色・藪の中 他七篇	芥川竜之介
河童 他二篇	芥川竜之介
歯車 他二篇	芥川竜之介
蜘蛛の糸・杜子春・トロッコ 他十七篇	芥川竜之介
大導寺信輔の半生・手巾・湖南の扇 他十二篇	芥川竜之介
或日の大石内蔵之助・枯野抄 他十二篇	芥川竜之介
侏儒の言葉・文芸的な、余りに文芸的な	芥川竜之介
芥川竜之介書簡集	石割透編
芥川竜之介随筆集	石割透編
蜜柑・尾生の信 他十八篇	芥川竜之介
年末の一日・浅草公園 他十七篇	芥川竜之介
芥川竜之介紀行文集	山田俊治編
田園の憂鬱	佐藤春夫
都会の憂鬱	佐藤春夫
厭世家の誕生日 他六篇	佐藤春夫
日輪・春は馬車に乗って 他八篇	横光利一
上海	横光利一
旅愁 全二冊	横光利一
宮沢賢治詩集	谷川徹三編
童話集 風の又三郎 他十八篇	宮沢賢治 谷川徹三編
童話集 銀河鉄道の夜 他十四篇	宮沢賢治 谷川徹三編
山椒魚・遙拝隊長 他七篇	井伏鱒二
伊豆の踊子・温泉宿 他四篇	川端康成
雪国	川端康成
川端康成随筆集	川西政明編
詩を読む人のために	三好達治
藝術に関する走り書的覚え書	中野重治
梨の花	中野重治
社会百面相 全二冊	内田魯庵
檸檬《レモン》・冬の日 他九篇	梶井基次郎
蟹工船 一九二八・三・一五	小林多喜二
防雪林・不在地主	小林多喜二
独房・党生活者	小林多喜二
風立ちぬ・美しい村	堀辰雄
菜穂子 他五篇	堀辰雄
富嶽百景・走れメロス 他八篇	太宰治

斜陽 他一篇　太宰治
人間失格・グッド・バイ 他一篇　太宰治
津軽　太宰治
お伽草紙・新釈諸国噺　太宰治
真空地帯　野間宏
日本唱歌集　堀内敬三・井上武士 編
日本童謡集　与田凖一 編
近代日本人の発想の諸形式 他四篇　伊藤整
小説の方法　伊藤整
小説の認識　伊藤整
中原中也詩集　大岡昇平 編
ランボオ詩集　中原中也 訳
小熊秀雄詩集　岩田宏 編
風浪・蛙昇天 ―木下順二戯曲選I　木下順二
玄朴と長英 他三篇　真山青果
随筆滝沢馬琴　真山青果
新編 近代美人伝 全二冊　長谷川時雨・杉本苑子 編

みそっかす　幸田文
土屋文明歌集　土屋文明 自選
古句を観る　柴田宵曲
俳諧随筆 蕉門の人々　柴田宵曲
評伝 正岡子規　柴田宵曲
新編 俳諧博物誌　柴田宵曲・小出昌洋 編
随筆集 団扇の画　柴田宵曲・小出昌洋 編
子規居士の周囲　柴田宵曲
小説集 夏の花　原民喜
原民喜全詩集
いちご姫・蝴蝶 他二篇　山田美妙・十川信介 校訂
貝殻追放抄　水上滝太郎
銀座復興 他三篇　水上滝太郎
鏑木清方随筆集 東京の四季　山田肇 編
柳橋新誌　成島柳北・塩田良平 校訂
島村抱月文芸評論集　島村抱月
石橋忍月評論集　石橋忍月

立原道造・堀辰雄翻訳集 ―林檎みのる頃・窓
野火／ハムレット日記　大岡昇平
中谷宇吉郎随筆集　樋口敬二 編
雪　中谷宇吉郎
冥途・旅順入城式　内田百閒
東京日記 他六篇　内田百閒
佐藤佐太郎歌集　佐藤志満 編
西脇順三郎詩集　那珂太郎 編
草野心平詩集　入沢康夫 編
山岳紀行文集 日本アルプス　小島烏水・近藤信行 編
雪中梅　末広鉄腸・小林智賀平 校訂
宮柊二歌集　宮英子・高野公彦 編
山の絵本　尾崎喜八
日本児童文学名作集 全二冊　桑原三郎・千葉俊二 編
山月記・李陵 他九篇　中島敦
眼中の人　小島政二郎
新選 山のパンセ　串田孫一 自選

小川未明童話集　桑原三郎編
新美南吉童話集　千葉俊二編
岸田劉生随筆集　酒井忠康編
摘録 劉生日記　岸田劉生　酒井忠康編
量子力学と私　朝永振一郎　江沢洋編
科学者の自由な楽園　朝永振一郎　江沢洋編
書物　森銑三　柴田宵曲
新編 明治人物夜話　森銑三　小出昌洋編
自註鹿鳴集　会津八一
窪田空穂随筆集　大岡信編
わが文学体験　窪田空穂
窪田空穂歌集　大岡信編
明治文学回想集 全二冊　十川信介編
梵雲庵雑話　淡島寒月
森鷗外の系族　小金井喜美子
新編 学問の曲り角　河野与一　原二郎編
子規を語る　河東碧梧桐

碧梧桐俳句集　栗田靖編
新編 春の海 —宮城道雄随筆集　千葉潤之介編
林芙美子紀行集 下駄で歩いた巴里　立松和平編
放浪記　林芙美子
山の旅 全二冊　近藤信行編
日本近代文学評論選 全二冊　千葉俊二　坪内祐三編
観劇偶評　三木竹二　渡辺保編
食道楽 全二冊　村井弦斎
酒道楽　村井弦斎
文楽の研究 全二冊　三宅周太郎
五足の靴　五人づれ
尾崎放哉句集　池内紀編
リルケ詩抄　茅野蕭々訳
ぷえるとりこ日記　有吉佐和子
日本の島々、昔と今。　有吉佐和子
江戸川乱歩短篇集　千葉俊二編
怪人二十面相・青銅の魔人　江戸川乱歩

少年探偵団・超人ニコラ　江戸川乱歩
江戸川乱歩作品集 全三冊　浜田雄介編
堕落論・日本文化私観 他二十二篇　坂口安吾
桜の森の満開の下・白痴 他十二篇　坂口安吾
風と光と二十の私と・いずこへ 他十六篇　坂口安吾
久生十蘭短篇選　川崎賢子編
墓地展望亭・ハムレット 他六篇　久生十蘭
六白金星・可能性の文学 他十一篇　織田作之助
夫婦善哉 正続 他十二篇　織田作之助
わが町・青春の逆説　織田作之助
歌の話・歌の円寂する時 他一篇　折口信夫
死者の書・口ぶえ　折口信夫
釈迢空歌集　折口信夫　富岡多惠子編
折口信夫古典詩歌論集　藤井貞和編
汗血千里の駒 坂本龍馬君之伝　坂崎紫瀾　林原純生校注
山川登美子歌集　今野寿美編
日本近代短篇小説選 全六冊　紅野敏郎・紅野謙介・千葉俊二・宗像和重・山田俊治編

自選 谷川俊太郎詩集
訳詩集 月下の一群　堀口大學訳
訳詩集 白孔雀　西條八十訳
茨木のり子詩集　谷川俊太郎選
第七官界彷徨・琉璃玉の耳輪 他四篇　尾崎翠
大江健三郎自選短篇
M／Tと森のフシギの物語　大江健三郎
辻征夫詩集　谷川俊太郎編
明治詩話　木下彪
石垣りん詩集　伊藤比呂美編
漱石追想　十川信介編
芥川追想　石割透編
自選 大岡信詩集
うたげと孤心　大岡信
日本の詩歌 その骨組みと素肌　大岡信
日本近代随筆選 全三冊　千葉俊二・長谷川郁夫・宗像和重編
尾崎士郎短篇集　紅野謙介編
山之口貘詩集　高良勉編
原爆詩集　峠三吉
近代はやり唄集　倉田喜弘編
竹久夢二詩画集　石川桂子編
まど・みちお詩集　谷川俊太郎編

《日本文学(古典)》〔黄〕

- 古事記　倉野憲司校注
- 記紀歌謡集　武田祐吉校註
- 日本書紀 全五冊　坂本太郎・家永三郎・井上光貞・大野晋校注
- 万葉集 全五冊　佐竹昭広・山田英雄・工藤力男・大谷雅夫・山崎福之校注
- 原文 万葉集 全二冊　佐竹昭広・山田英雄・工藤力男・大谷雅夫・山崎福之校注
- 竹取物語　阪倉篤義校訂
- 伊勢物語　大津有一校注
- 玉造小町子壮衰書 ―小野小町物語　杤尾武校注
- 古今和歌集　佐伯梅友校注
- 土左日記　紀貫之／鈴木知太郎校注
- 蜻蛉日記　今西祐一郎校注
- 源氏物語 全九冊(既刊二冊)　柳井滋・室伏信助・大朝雄二・鈴木日出男・藤井貞和・今西祐一郎校注
- 枕草子　池田亀鑑校訂
- 和泉式部日記　清水文雄校注
- 和泉式部集・和泉式部続集　清水文雄校注
- 更級日記　西下経一校注
- 今昔物語集 全四冊　池上洵一編
- 三条西家本 栄花物語 全三冊　三条西公正校訂
- 堤中納言物語　大槻修校注
- 新訂 梁塵秘抄　後白河院撰／佐佐木信綱校訂
- 西行全歌集　久保田淳・吉野朋美校注
- 梅沢本 古本説話集　川口久雄校訂
- 後撰和歌集　松田武夫校訂
- 古語拾遺　斎部広成撰／西宮一民校注
- 王朝漢詩選　小島憲之編
- 王朝物語秀歌選 全二冊　樋口芳麻呂校注
- 落窪物語　藤井貞和校注
- 新訂 方丈記　市古貞次校注
- 新訂 新古今和歌集　佐佐木信綱校訂
- 金槐和歌集　源実朝／斎藤茂吉校訂
- 新訂 徒然草　西尾実・安良岡康作校注
- 平家物語 全四冊　梶原正昭・山下宏明校注
- 水鏡　和田英松校訂
- 神皇正統記　北畠親房／岩佐正校注
- 吾妻鏡 全八冊　竜粛訳注
- 宗長日記　島津忠夫校注
- 御伽草子 全二冊　市古貞次校注
- 王朝秀歌選　樋口芳麻呂校注
- わらんべ草　大蔵虎明／笹野堅校訂
- 千載和歌集　久保田淳校注／藤原俊成撰
- 謡曲選集 読む能の本　野上豊一郎編
- 東関紀行・海道記　玉井幸助校訂
- おもろさうし　外間守善校注
- 太平記 全六冊　兵藤裕己校注
- 好色五人女　井原西鶴／東明雅校註
- 日本永代蔵　井原西鶴／東明雅校訂
- 武道伝来記　井原西鶴／横山重・前田金五郎校注
- 芭蕉紀行文集 付 嵯峨日記　中村俊定校注
- 芭蕉 おくのほそ道 付 曾良旅日記・奥細道菅菰抄　萩原恭男校注
- 芭蕉俳句集　中村俊定校注

- 芭蕉文集　潁原退蔵編註
- 芭蕉俳文集 全二冊　堀切実編注
- 芭蕉自筆 奥の細道　上野洋三・櫻井武次郎校注
- 蕪村俳句集 付 春風馬堤曲 他二篇　尾形仂校注
- 蕪村書簡集　大谷篤蔵・藤田真一校注
- 蕪村七部集　伊藤松宇校訂
- 蕪村文集　藤田真一編注
- 曾根崎心中・冥途の飛脚 他五篇　近松門左衛門 祐田善雄校注
- 国性爺合戦・鑓の権三重帷子　近松門左衛門 和田万吉校訂
- 東海道四谷怪談　鶴屋南北 河竹繁俊校訂
- 鶉衣 全二冊　横井也有 堀切実校注
- 近世畸人伝　伴蒿蹊 森銑三校註
- 玉くしげ・秘本玉くしげ　本居宣長 村岡典嗣校訂
- 雨月物語　上田秋成 長島弘明校注
- 新訂 一茶俳句集　丸山一彦校注
- 増補 俳諧歳時記栞草 全二冊　曲亭馬琴編 藍亭青藍補 堀切実校注
- 近世物之本江戸作者部類　曲亭馬琴 徳田武校注

- 北越雪譜　鈴木牧之編撰 京山人百樹刪定 岡田武松校訂
- 東海道中膝栗毛 全二冊　十返舎一九 麻生磯次校注
- 浮世床　式亭三馬 和田万吉校訂
- 日本外史 全三冊　頼山陽 頼成一・頼惟勤訳
- 百人一首一夕話 全二冊　尾崎雅嘉 古川久校訂
- わらべうた ―日本の伝承童謡　町田嘉章・浅野建二編
- 誹諧 武玉川 全四冊　山澤英雄校訂
- 雑兵物語・おあむ物語 附 おきく物語　中村通夫・湯沢幸吉郎校訂
- 芭蕉臨終記 花屋日記 付 芭蕉翁終焉記・前後日記・行状記　小宮豊隆校訂
- 俳家奇人談・続俳家奇人談　竹内玄玄一 雲英末雄校注
- 砂払 ―江戸小百科 全二冊　山中共古 中野三敏校訂
- 与話情浮名横櫛 切られ与三　瀬川如皐 河竹繁俊校訂
- 江戸怪談集 全三冊　高田衛編・校注
- 蕉門名家句選 全二冊　堀切実編注
- 耳嚢 全三冊　根岸鎮衛 長谷川強校注
- 色道諸分 難波鉦 ―遊女評判記　酉水庵無底居士 中野三敏校注
- 弁天小僧・鳩の平右衛門　黙阿弥 河竹繁俊校訂

- 実録先代萩　黙阿弥 河竹繁俊校訂
- 橘曙覧全歌集　水島直文・橋本政宣編注
- 嬉遊笑覧 全五冊　喜多村筠庭 長谷川強・江本裕・渡辺守邦・岡雅彦・花田富二夫・石川了校訂
- 井月句集　復本一郎編
- 江戸端唄集　倉田喜弘編

《日本思想》〔青〕

- 風姿花伝 (花伝書)　世阿弥 野上豊一郎・西尾実校訂
- 世阿弥 申楽談儀　表章校註
- 五輪書　宮本武蔵 渡辺一郎校注
- 政談　荻生徂徠 辻達也校注
- 葉隠 全三冊　山本常朝 和辻哲郎・古川哲史校訂
- 童子問　伊藤仁斎 清水茂校注
- 養生訓・和俗童子訓　貝原益軒 石川謙校訂
- 貝原益軒 大和俗訓　石川謙校訂
- 都鄙問答　石田梅岩 足立栗園校訂
- 町人嚢・百姓嚢・長崎夜話草　西川如見 飯島忠夫・西川忠幸校訂
- 日本水土考・水土解弁・増補華夷通商考　西川如見 飯島忠夫・西川忠幸校訂

蘭学事始　杉田玄白／緒方富雄校註
吉田松陰書簡集　広瀬豊編
塵劫記　吉田光由／大矢真一校注
兵法家伝書 付 新陰流兵法目録事　柳生宗矩／渡辺一郎校注
南方録　西山松之助校注
人国記・新人国記　浅野建二校注
上宮聖徳法王帝説　東野治之校注
霊の真柱　平田篤胤／子安宣邦校注
世事見聞録　武陽隠士／本庄栄治郎校訂／奈良本辰也補訂
茶湯一会集・閑夜茶話　井伊直弼／戸田勝久校注
新訂 海舟座談　巌本善治編／勝部真長校注
西郷南洲遺訓 附 手抄言志録及遺文　山田済斎編
文明論之概略　福沢諭吉／松沢弘陽校注
新訂 福翁自伝　富田正文校訂
学問のすゝめ　福沢諭吉
日本道徳論　西村茂樹／吉田熊次校
新島襄の手紙　同志社編

新島襄 教育宗教論集　同志社編
近時政論考　陸羯南
日本の下層社会　横山源之助
中江兆民 三酔人経綸問答　桑原武夫・島田虔次訳・校注
新訂 蹇蹇録 —日清戦争外交秘録　陸奥宗光／中塚明校注
茶の本　岡倉覚三／村岡博訳
新撰讃美歌　植村正久・奥野昌綱・松山高吉編
武士道　新渡戸稲造／矢内原忠雄訳
余はいかにしてキリスト信徒となりしか　内村鑑三／鈴木範久訳
代表的日本人　内村鑑三／鈴木範久訳
後世への最大遺物・デンマルク国の話　内村鑑三
内村鑑三所感集　鈴木俊郎編
求安録　内村鑑三
宗教座談　内村鑑三
ヨブ記講演　内村鑑三
足利尊氏　山路愛山
豊臣秀吉 全二冊　山路愛山

善の研究　西田幾多郎
西田幾多郎哲学論集 I —場所・私と汝 他六篇　上田閑照編
西田幾多郎哲学論集 II —論理と生命 他四篇　上田閑照編
西田幾多郎哲学論集 III —自覚について 他四篇　上田閑照編
西田幾多郎随筆集　上田閑照編
帝国主義　幸徳秋水／山泉進校注
日本の労働運動　片山潜
明六雑誌 全三冊　山室信一・中野目徹校注
吉野作造評論集　岡義武編
貧乏物語　河上肇／大内兵衛解題
河上肇 自叙伝 全五冊　杉原四郎・一海知義編
河上肇評論集　杉原四郎編
中国文明論集　宮崎市定／礪波護編
中国史 全二冊　宮崎市定
大杉栄評論集　飛鳥井雅道編
女工哀史　細井和喜蔵
寒村自伝 全二冊　荒畑寒村

遠野物語・山の人生　柳田国男
青年と学問　柳田国男
木綿以前の事　柳田国男
こども風土記・母の手毬歌　柳田国男
不幸なる芸術・笑の本願　柳田国男
海上の道　柳田国男
野草雑記・野鳥雑記　柳田国男
婚姻の話　柳田国男
都市と農村　柳田国男
十二支考　全二冊　南方熊楠
文学に現はれたる我が国民思想の研究　全八冊　津田左右吉
特命全権大使 米欧回覧実記　全五冊　久米邦武編　田中彰校注
明治維新史研究　羽仁五郎
古寺巡礼　和辻哲郎
風土 —人間学的考察　和辻哲郎
イタリア古寺巡礼　和辻哲郎
日本精神史研究　和辻哲郎

倫理学　全四冊　和辻哲郎
人間の学としての倫理学　和辻哲郎
日本倫理思想史　全四冊　和辻哲郎
時と永遠 他八篇　波多野精一
宗教哲学序論・宗教哲学　波多野精一
「いき」の構造 他二篇　九鬼周造
九鬼周造随筆集　菅野昭正編
偶然性の問題　九鬼周造
時間論 他二篇　九鬼周造　小浜善信編
人間と実存　九鬼周造
法窓夜話　全二冊　穂積陳重
復讐と法律　穂積陳重
パスカルにおける人間の研究　三木清
古代国語の音韻に就いて 他二篇　橋本進吉
漱石詩注　吉川幸次郎
吉田松陰　徳富蘇峰
林達夫評論集　中川久定編

新版 きけ わだつみのこえ —日本戦没学生の手記　日本戦没学生記念会編
新版 第二集 きけ わだつみのこえ —日本戦没学生の手記　日本戦没学生記念会編
君たちはどう生きるか　吉野源三郎
地震・憲兵・火事・巡査　山崎今朝弥　森長英三郎編
懐旧九十年　石黒忠悳
武家の女性　山川菊栄
わが住む村　山川菊栄
山川菊栄評論集　鈴木裕子編
覚書 幕末の水戸藩　山川菊栄
おんな二代の記　山川菊栄
忘れられた日本人　宮本常一
家郷の訓　宮本常一
酒の肴・抱樽酒話　青木正児
大阪と堺　三浦周行　朝尾直弘編
新編 歴史と人物　三浦周行　林屋辰三郎・朝尾直弘編
国家と宗教 —ヨーロッパ精神史の研究　南原繁
石橋湛山評論集　松尾尊兊編

民藝四十年　柳　宗悦
手仕事の日本　柳　宗悦
南無阿弥陀仏 付 心偈　柳　宗悦
柳宗悦 茶道論集　熊倉功夫編
柳宗悦随筆集　水尾比呂志編
雨夜譚 —渋沢栄一自伝　長　幸男校注
中世の文学伝統　風巻景次郎
日本の民家　今　和次郎
長谷川如是閑評論集　飯田泰三・山領健二編
倫敦《ロンドン》！ 倫敦《ロンドン》？　長谷川如是閑
原爆の子 —広島の少年少女のうったえ 全二冊　長田　新編
幕末遣外使節物語 —夷狄の国へ　尾佐竹猛・吉良芳恵校注
イスラーム文化 —その根柢にあるもの　井筒俊彦
意識と本質 —精神的東洋を索めて　井筒俊彦
被差別部落一千年史　高橋貞樹・沖浦和光校注
花田清輝評論集　粉川哲夫編
新版 河童駒引考 —比較民族学的研究　石田英一郎

英国の近代文学　吉田健一
訳詩集 葡萄酒の色　吉田健一訳
山びこ学校　無着成恭編
古琉球　伊波普猷・外間守善校訂
福沢諭吉の哲学 他六篇　丸山眞男・松沢弘陽編
政治の世界 他十篇　丸山眞男・松本礼二編注
超国家主義の論理と心理 他八篇　丸山眞男・古矢旬編
朝鮮民芸論集　浅川　巧・高崎宗司編
娘巡礼記　高群逸枝・堀場清子校注
田中正造文集 全二冊　由井正臣・小松　裕編
新日本史 全二冊　竹越与三郎・西田　毅校注
国語学原論 続篇　時枝誠記
国語学史　時枝誠記
定本 育児の百科 全三冊　松田道雄
ある老学徒の手記　鳥居龍蔵
大西祝選集 全三冊　小坂国継編
哲学の三つの伝統 他十二篇　野田又夫

信仰の遺産　岩下壮一
わたしの「女工哀史」　高井としを
中国近世史　内藤湖南
大隈重信自叙伝　早稲田大学編
大隈重信演説談話集　早稲田大学編
通論考古学　濱田耕作
転回期の政治　宮沢俊義
世界の共同主観的存在構造　廣松　渉
何が私をこうさせたか —獄中手記　金子文子

《別冊》

増補 フランス文学案内　渡辺一夫・鈴木力衛
増補 ドイツ文学案内　手塚富雄・神品芳夫
ことばの贈物 —岩波文庫の名句365　岩波文庫編集部編
近代日本思想案内　鹿野政直
岩波文庫の80年　岩波文庫編集部編
ポケットアンソロジー この愛のゆくえ　中村邦生編
スペイン文学案内　佐竹謙一

岩波文庫の最新刊

佐藤秀明編
三島由紀夫スポーツ論集
三島のスポーツ論、オリンピック観戦記集。名文家三島の本領が存分に発揮されている。「太陽と鉄」は、肉体、行為を論じて三島の思想を語った代表作。
〔緑二一九-三〕 本体七四〇円

開高 健作
夜と陽炎
耳の物語2
自伝的長篇『耳の物語』二部作の後篇。芥川賞を受賞して作家となり、ベトナム戦争を生き抜いて晩年にいたるまでを、精緻玲瓏の文章で綴る。（解説＝湯川豊）
〔緑二二一-三〕 本体七四〇円

井筒俊彦著
コスモスとアンチコスモス
―東洋哲学のために―

東洋思想の諸伝統に共通する根源的思惟を探り、東洋哲学の新たな可能性を追究する。司馬遼太郎との生前最後の対談を併載した。

（解説＝河合俊雄）

〔青一八五-五〕 本体一二六〇円

バリントン・ムーア著／宮崎隆次、森山茂徳、高橋直樹訳
独裁と民主政治の社会的起源（上）
―近代世界形成過程における領主と農民―
各国が民主主義・ファシズム・共産主義に分かれた理由を、社会経済構造の差から説明した比較歴史分析の名著。上巻では英仏米中を分析する。（全二冊）
〔白二三〇-一〕 本体一一三〇円

……今月の重版再開……

武田泰淳著／川西政明編
評論集 滅亡について 他三十篇
本体八五〇円
〔緑一三四-一〕

近藤恒一編訳
ペトラルカ ルネサンス書簡集
本体八四〇円
〔赤七一二-一〕

コレット作／工藤庸子訳
牝猫（めすねこ）
本体六〇〇円
〔赤五八五-一〕

田口卯吉著／嘉治隆一校訂
日本開化小史
本体七二〇円
〔青一一三-一〕